極めた薬師は聖女の魔法にも負けません
～コスパ悪いとパーティ追放されたけど、
事実は逆だったようです～
2
著 インバーターエアコン
illust. ⑪

ロッテ
Aランクパーティを追放されてしまった薬師
興味のある分野以外は
ずぼらな面もある

クルト
鮮血の貴公子の二つ名を持つ魔剣士
追放されたロッテの身を
心配してついてきた
ボスゴブリン
島で出会ったゴブリンの長
信頼には信頼で返す

薬師

ポーションなどの回復薬や解毒剤、痛み止めを兼ねた
能力向上薬といった様々な薬を調合生成する職業。
パーティ影から支える縁の下の力持ち。
基本的に戦闘能力がないことが多い。
冒険者では薬草関係の採取クエストも多く、
ランクが低い時は特に重宝される職業だが、
ランクが高くなればなるほど必要性は低下する。
そのため、中堅の冒険者からは需要が減ってきて、
パーティから離脱するケースが多い。

魔剣士

ダンジョンや古代遺跡などから時折発見される
特殊な剣である魔剣を用いて戦う職業。
強力な魔剣ほどはっきりとした意志を持ち、
使い手選ぶため、誰もがなれるものではない。
代償として、魔剣の扱いを間違えれば侵食され、
身体を乗っ取られることもある。
危険な面もあるが、非常に高い戦闘力をもつ
職業となっている。

聖女

教会に所属しており自身の魔力だけで怪我などを
治癒できる、回復魔法や支援魔法の使い手たち。
見習い聖女、聖女、上聖女……といった階級が存在し、
階級の最高位に位置するのは大聖女である。
現在大聖女は七人おり、七聖女と呼ばれている。
大聖女の中には、慈悲の聖女と呼ばれる、
教会きっての武闘派な聖女も存在する。

極めた薬師は聖女の魔法にも負けません

～コスパ悪いとパーティ追放されたけど、事実は逆だったようです～

2

著 インバーターエアコン

illust. ⑪

CONTENTS

プロローグ

コスパ悪いと役立たず扱いされて、Ａランクパーティ【紅蓮の牙】を追放された薬師の私と、心配して付いてきてくれた魔剣士のクルト。

あれから色々あったが今も私たちは二人で冒険者を続けている。

「いくよ……クルトさん！」

「来いヤト」

「はあああああっ！」

リムルの街の冒険者ギルド隣の屋外訓練場で、断続的に響く剣撃の音。

最近私たちと馴染みとなった三人組の冒険者パーティ【疾風】。

【疾風】の剣士であるヤトの訓練に付き合うクルト。

以前彼の所持していた魔剣の暴走を止めたのをきっかけに、こうして交流するようになった。

繰り出されるヤトの剣をクルトが難なく捌いていく。

「攻撃に意識が取られて、足元がお留守だぞ」

「うぶっ！」

足元に置かれた剣につまずいて、顔面から地面に突っ込むヤト。

うわ、痛そう……思いっきり鼻血出てるし。

「どうした？　これで終わりか？」

「ま、まだまだあっ！」

立ち上がるヤト、また繰り返される攻防。

何度も転び、木剣を弾き飛ばされ……それでもヤトは諦めない。

戦いの中で少しでも何かを得ようと、実力差のあるクルトに挑んでいく。

「熱いわねぇ……」

「はい」

男の子らしいというか、なんというか。

設置されたベンチに座って見つめる私と【疾風】の魔法使い、イーシア。

「とにかく大事なのは敵の隙をつくことだ。魔物でも人間同士の戦いでも同じだ」

「な、なるほど」

「ヤトは一撃一撃が大振りすぎる。力押しが悪いとは言わないが、それは基礎固めをしたあとの話だ。もう魔剣もないんだ、もう少しコンパクトな剣の振りを心がけろ」

「こ、こんぱくと？」

「大体、こんな感じだな」

「えぇと、こんな感じ？」

「いや、もう少しふわり、ゆるりとした感じだ」

「……わかった、こうか」

あれで、わかったのか……二人とも感覚派だからか。

師弟としての相性はなかなかいいようだ。

「ありがとうございました！　クルトさん！」

「じゃあ、少し早いけど……向こうでお昼にするか」

どうやら特訓の区切りがついたようだ。

で……そんな光景を横目に、私もただ見学していたわけじゃない。

ギド村での魔石病の治癒や、魔石鉱山の発見報酬が確定するまで、しばし時間もかかる。

その間も薬を作ったり、これまで同様ゴンザレスさんにギルドのアドバイザー的な仕事を斡旋してもらったりしてお金を稼いでいた。今日もその一環だ。

「先生！　先生！」

私を呼ぶシルドの大きな声。【疾風】では盾持ちとなる彼だが、今は壺の中に棒を突っ込んでグルグルかき混ぜている。なかなかにシュールな光景だ。

「これぐらいでいい？」

「まだよ、全然粘り気が足りないわ」

壺の中には赤黒い色の液体。実はこれ……毒液である。

何故こんなことをシルドがやっているのかというと。

毒矢用の毒の作り方を教えて欲しいと頼まれたからだ。

以前前衛の剣士であるクルトが、衝撃波による中長距離の戦闘をしていたのを見て思いついたらしい。あれを参考にするのはどうかと思うけど、攻撃手段が増えれば魔法使いのイーシアの魔力消費も減るだろうしね。

狙った場所に矢を当てるのは相応の訓練時間が必要になるが、毒矢ならとにかく敵に当てれば効果はある。

「ほら、手が止まってるわよ、もっと混ぜて混ぜて……」

「やばい、これ腕疲れる」

「頑張りなさい。向こうでクルトの食べてる海鮮麺くらい、とろみがでたらベストね」

「なるほど」

「…………なるほどじゃない、食欲が失せるだろ」

こちらの声が聞こえていたようで、クルトが非難する視線でこっちを見てくる。

だって仕方ないじゃない。建物の中で毒の調合なんて教えるわけにもいかないし。

というか、それでも横で食べ続けているクルトも大概だと思うけど。

「しかし、思った以上に大変だな、毒作り」

「魔物相手だと、毒濃度上げていかないと使い物にならないからね」

「なるほど……ん？　魔物相手？」

「強い毒は証拠が残るけど、弱い毒は比較的証拠が残りにくいからね」

「あの、それって……」

「ま……そういうことを考える連中もいるってことよ」

血なまぐさい話だけどね。


食後、イーシアやクルトたちと別れて街の路地を歩いていく。

目的地は薬師ギルド。そのギルド長のテトロドさんにこれから会う。

私がリムルの街を離れている時、テトロドさんが冒険者ギルドを訪れたそうだ。

戻ってきたら薬師ギルドに来てくれと、ゴンザレスさんから言伝を聞いた。

以前テトロドさんとは乳鉢関連で色々とあったので、クルトが心配して付いてこようとしていたが、今日はゴンザレスさんに仕事の手伝いを頼まれていて渋々諦めていた。

別れる前に何度も「あいつには気をつけろ」と念を押されたが……まぁうん、大丈夫だろう。

薬師ギルドに辿り着き、受付カウンターへ。

「えぇと、ロッテと申しますが……テトロドさん、いえ、薬師ギルド長はいらっしゃいますか？」

「ロッテさんですね……本日は面会の約束の方は」

「いえ、特にそういうのは」

「あの……申し訳ありません。事前に予約を取っていただかないと、お会いすることは」

まぁ、かなり忙しい人だしね。

「あ！　ロッテさん！」

「貴方は……」

声の主は前にも見たことのある女性。確か名前はリコリスさん、だったかな？

アザンヌ（乳鉢）の件で、私に試し漕ぎをさせてくれた親切な従業員さんだ。

「レイラさん、いいんですよ、この人は……」

ごにょごにょと耳打ちするリコリスさん。

「ああ！　貴方があのっ！　……いえ」

あの……なんだろうか。そこで止めると、物凄く気になるんだけど。

まぁうん。あんまり深く考えない方がいいだろう。

「その後、アザンヌ（乳鉢）の使い心地はどうですか？」

「最高ですね、おかげで薬作りが一段と楽しくなりましたよ」

辛い時、苦しい時、アレに触れると落ち着くのだ。

かけがえのないパートナーである……無機物だが。

雑談混じりの挨拶をしたあと。

「ギルド長は今、お弟子さんと勉強会の最中なんですよ」

ギルドにいる彼の弟子たちに講義しているらしい。

お弟子さんたちは普段はギルド職員としても働いているが、テトロドさんは彼らのために時間を見つけては定期的に会を開いているそうだ。そういった弟子の育成も彼の仕事らしい。

「忙しいようなら、日を改めましょうか？」

「いえいえ、そんなことさせたら叱られてしまいますよ……相手がロッテさんなら、どんな仕事も患者もほっぽり出して無理矢理時間を作るはずですよ、あの人は」

それは……トップとしてどうなんだろうか？

「もうじき終わるので……あ、もしかしてこの後用事があったり？」

「いえ、大丈夫ですよ」

「よかったです、でしたら奥でお菓子でも食べながらお待ちください」

「わかりました」

あ、そうだ。

「あの、今日は調合した薬も売りにきましたので、こちらを……」

「わ！　ありがとうございます。ロッテさんの薬……とても期待できそうですね」

調合した薬を彼女に預けておく。

帰る時までに、薬師ギルドで査定をしておいてくれるそうだ。

リコリスさんに応接室に通されて、テトロドさんが来るのを待つ。

ご丁寧に用意してくれた、温かい紅茶を一口……うん、あったまる。

「美味しいです」

「お口に合ってよかったです。ギルドの薬草園で栽培した植物を使った、ハーブティーなんですよ」

「へぇ」

なんかホッとする味というか。とても気持ちが落ち着くわね。

ボリボリとクッキーを摘んだりしながら、十五分ほど待っただろうか。

ドアの向こうからパタパタと足音が聞こえてきた。

（……来たかな？）

間もなくバタンと部屋の扉が開き、テトロドさんが現れたのだが。

「はぁ、はぁ、はあっ！」

「…………」

「く、はぁ、はぁ……ひぃ」

白衣も背中まで伸びた長い黒髪も乱れに乱れている。

整った顔にたくさんの汗を浮かべ、普段の優雅さの欠片もない。

「ふぁ、はぁ……ぜぇ、ま、待たせ、た」

「だ、大丈夫ですよ、呼吸が落ち着いてからで……」

どうやら、弟子たちとの勉強会が終わって大急ぎでここに来たらしい。

大ピンチの時に助けに来る仲間じゃないんだし、そんなに焦らなくてもよかったのに。

彼の息が整うのを待つ。

「すまない……お見苦しいところを見せた」

「いえいえ」

「ロッテ、いや……美しい手の人よ」

「いえ、最初の方が名前ですからね」

相変わらずな感じである。反射的に彼の視線から手を隠してしまう。

「あ～、すみません。突然来てしまって……」

「謝ることはない、時間のある時にと言ったのは俺の方だ」

「そう言ってもらえると助かります」

テーブル越しにそんなやり取りをしたあと。

「それでテトロドさん、要件というのは？」

「いや……君と少し話をしたくてな。どうしても君に聞きたいことができた」

薬師ギルド長直々に、一体なんの話だろうか？

少し緊張する私。

「話って、なんですかね？」

「内容が想像ができないといった顔だな」

「ええ……まぁ」

端正な顔でじっとこちらを見つめてくる。

でも薬が恋人なこの人の場合、ドキドキする甘い感じの用件ではまずないだろうね。

「ふふ……ははは」

何故、ここで笑う？　ちょっと怖いんですけど。

「君の場合、本気で言っているんだろうな。いやまったく、たいしたものだ……大物というかなんというか」

「あ……あの、そんな一人で完結されても困るんですが」

「と、そうだな……すまない」

私が戸惑っていると、説明を始めるテトロドさん。

「俺が聞きたいのは魔石病の件だ」

「ああ……なるほど」

「まさか、かの病の治療に成功するとはな」

ゴンザレスさんを通して話を聞いたそうだ。

魔石病は人間にとって不治の病とされ、過去に治療例はなかった。

同じ薬師として、その治療法に興味を持つのは当然か。

一日千秋の思いで、私の帰りを待っていたとかなんとか。

「なるほどな……まさか魔剣を針にして施術するとはな、奇抜な発想をする」

「あんなに高級な針もないですよね」

「ははは、そうだな」

私が経験したことをテトロドさんに伝える。二人で魔石病について話し合う。

「実に興味深い話……感謝する。ところで」

「ん？」

紅茶に口をつけたところで、話を切り替えるテトロドさん。

「今回の件、薬師学会で成果を発表してみる気はないのか？」

切り出された学会発表の提案について、少し考えみるが。

「う〜ん、やめておきます」

「そうか、理由を聞いてもいいか？」

「纏めるのに時間もかかりそうですし、正直言って、今の時点ではまだ確信が持てない情報が多いですから、あとは……」

「君のやり方は根本的な魔石病の解決には至らない……か？」

「そういうことです」

あくまで、解決するための材料があったから成功した。

実際、他であんなに都合のいい治療道具が揃う可能性は低い。

下手なことを発表して誰かが真似しても、私には責任が持てない。

「君の言う通り、確かに完璧な治療法にはまだ遠い。そもそもが魔力の荒れた状態で患者の魔力回路を正確に読み切るのは、君にしかできない芸当だろう」

一拍おいて話を続けるテトロドさん。

「だとしても、難病の解決の糸口を発見しただけでも相当な功績だ。発表するには十分だと思うがな」

「……う〜ん」

そこで、じっと私の顔を見るテトロドさん。

言うべきか、言わざるべきか悩む素振りを見せる。

「あ～なんだ。君は優秀な薬師だ……おそらく、俺の知る中で誰よりも」

「な、なんですか突然」

「大抵のことは努力によって一人でもこなせるだろう……だが身体は一つしかない、必ず限界は存在する。完璧を目指して、自分だけですべての穴を埋めようと思う必要はないんだ」

「………それは」

なんとも耳の痛い言葉である。

過去、パーティにいた時の自分の経験を思い起こす。

なんでも一人でやろうとして、結局追放なんてことになってしまった。

半ば根性で膨大な仕事をこなしてきたしね。

「俺も偉そうに言えるほど生きてきたわけでもないがな。昔の俺がそんな感じだったからな」

「テトロドさんが？」

「ああ……昔は全部一人でやろうとしていたよ。同期の中では出世も一番早く、薬師ギルドには仲間と呼ばれる人間もいなかった」

こうして支部長になり、弟子を持つようになったのにも、彼なりの背景があるらしい。

「ま、そこまで心配していないがな。分野は違うが君の傍には頼りになる味方がいる」

「………」

ふと思い浮かんだのは、パーティを辞めた時に付いてきてくれたクルトの顔。

「でも……少し不思議な感じがします」

「なにがだ？」

「パーティ内でも彼は……クルトは私の薬に頼っていなかったというか、支援薬も回復薬も一番使っていなかったので」

　ここぞという場面では別だけどね。

「そんなクルトがパーティを抜けて、私と一緒に来てくれたんだから……不思議な感じです」

「あるいは……そんな彼だから君に付いてきたのだろうな」

「え？」

　何か理解したような顔のテトロドさん。

「それと君の考えは間違っている。使用頻度が低くても、おそらく彼が一番君を頼りにしていたはずだ」

「……」

「元々、支援薬にしろ回復薬にしろ、本来の自分の力を底上げするためのものだ。過度な使用はただの依存だ。頼るのとは違う」

　クルトが薬を使用しない理由を語るテトロドさん。

　用法用量を守るのは薬使用の基本。それに頼り切りになる者に未来はない。

　過剰使用で得られるのは大きな……だけど、ハリボテの偶像。

　一流冒険者として、クルトが本来の自分の実力を見失わず、客観的に己を評価できている証拠。

「残りの理由は……たぶん、男の意地だよ」

「い、意地ですか」

この人から熱い言葉が出てきたことに少し驚く私。

「ま、少しは彼の気持ちも察してやることだな」

「……ぜ、善処します」

うまく返事をすることができず、曖昧に頷く私だった。

「話が逸れたが、要するにだ。今回の論文を書くにしたって、君一人ですべての作業をする必要はないんだぞ。こっちとしても、協力は惜しまない。こんなに面白そうな題材はそうないしな……気が変わったらいつでも相談してくれ」

「ありがとうございます」

「なに、いいさ」

そう言って、テトロドさんは優しく微笑んだ。

「ところで……君は魔物だけでなく、人間以外の生物全般にも詳しいのか？」

「そう、ですね……」

テトロンさんの質問に考えるわたし。

「まぁ職業上、魔物に接する機会が一番多いですけど、一応全般的に勉強をしていますよ」

「そうか……」

私の返事に、顎に手を当てて何かを考えるテトロドさん。

「もしかするとだが、近いうちに君に大きな仕事を頼むかもしれない」

「仕事、ですか？」

「ああ、かなり特殊な仕事でな。最初は俺が担当することも考えたが、正直君の方がずっと向いていると思う」

「どんな内容ですか？」

「すまないが、詳しいことはまだ伝えられないんだ」

「…………なるほど」

言えない……か。それはそれで依頼内容が少し絞られそうだけど。

守秘義務のある、大きな機密に関わる何かとか。

仮にも薬師ギルドの長が、訳のわからない非合法な依頼をふることはないだろう。

「では、後日内容を聞いてから判断という形で、さすがに今どうこうは言えないです」

「ま、当然だろう。こちらもまだどうなるかはわからないしな」

ふんわり漠然としていて、全容がよくわかんないけど。

とりあえず、頭の片隅には入れておくとしよう。

「と、いつの間にかもう夕方ですね」

「君と話していると時間が過ぎるのが早いな」

かなり長く滞在していたことに。窓から部屋に入ってくる柔らかな夕陽。

最近、日が暮れるの早くなったな……なんて考えながら窓の外を見る。

「今日は来てくれてありがとう……有意義な時間を過ごさせてもらった」

「いえいえ、こちらこそ……ためになる話が聞けました」

普段一緒にいるのは冒険者がメインなので、これまで同じ薬師の人と話す機会がそんなになかった。

彼の話を聞くのは私としてもいい刺激になる。

ここで、コンコンとドアがノックされ、職員のリコリスさんが入ってくる。

「ギルド長、ロッテさん……お客様がお見えになっていますよ」

「む？　……こんな時間にか？」

「お客様？　私にも？」

予期せぬ来客。

疑問に思っていると、リコリスさんの後ろにとてもよく知った顔がいた。

「こんなところで、なにしてるの……クルト？」

「い、いや、その……これは」

「「…………」」

交錯する視線、大分気まずそうな顔のクルト。

こちらと目を合わせず、ぽりぽりと頬を指でかく。

「あ～、えぇと」

「うふふふふ」

私とクルトの様子を、悪戯心の混じった微笑まし気な顔でリコリスさんが見ている。

ゴンザレスさんに仕事に駆り出されていたクルトが、一体どうしてここにいるのか。

クルトに尋ねると、仕事を終わらせてもまだ私が帰っていなかったから、何かあったのかと不安になって訪ねてきたそうだ。

「とりあえず……アンタは私の母親か？」

「いや、その、なんつうか……まぁいいや、一応聞いておくが……ロッテ」

「うん？」

私の肩をギュッと掴むクルト。そして警戒した様子でテトロドさんを見る。

「大丈夫だったか？　あの男に何かされなかったか？　変なことをされなかったか？」

「も、もう……いくらなんでも失礼でしょ」

「ははは……」

年上の余裕なのか、なんなのか。

クルトの発言を笑って流し、どこか楽しんでいる様子のテトロドさん。

「これでも分別は弁えているさ」

「そうは言うが、アンタには衝動的に何かしそうな怖さがあるんだよ。初対面の女の手に指を絡ませてくるような男だからな」

テトロドさんを睨むクルト。

ああ、あったわね。なかなか鮮烈な記憶として脳裏に焼きついている。

「心配してくれてありがと、でも私……子供じゃないんだからさ」

これでも一応年上のお姉さんですよ。

「いや、わかってはいるんだけどさ。その……」

「なによ？」

「その……ロッテって『珍しい薬あげるよ、こっちにおいで……』と言われたら簡単に付いていく子供みたいな雰囲気があるから、ちょっと不安なんだよ」

「それ……子供っていうか、別の意味で危ない人じゃないの？」

そりゃ好きなことにはドップリのめり込んでしまうタイプではあるけどね。

その後、薬を売却したお金を受け取り、挨拶をして薬師ギルドを出る。

品質もよかったらしく、かなりいい収入になった。


夕陽の下。互いに今日の出来事やこれからのことを話しながら、ホームとなっている冒険者ギルドへと帰った。

戻って、私とクルトはここのギルドマスターのゴンザレスさんと夕食を食べる。

ゴンザレスさんの時間がある時は基本食事は一緒にしている。最近ではお馴染みの光景だ。

お酒の入ったグラスの氷をカランコロンと鳴らすゴンザレスさん。

「あ、そうだ！　ゴンザレスさん。さっきクルトと相談したんですけど」

「……うん？」

「私たち、近いうちにギルドを出ようかなぁと」

「な、なん……だと？　ギルドを、出る？」

ガチャン、とグラスがテーブルに落っこちた。なんとか割れなかったが。

余程衝撃的だったのか、目を大きく開くゴンザレスさん。

え？　そ、そんなにおかしなことを言っただろうか？

「おいおい、おいおいおい……う、嘘……だろ？　理解できねぇ」

「り、理解できないと言われても、そのまんまの意味なんですが」

リムルの街に来て当たり前のように、冒険者ギルドに寝泊まりしていたけど。

さすがにこのままじゃいけないだろうと話し合った。

反応を見るにゴンザレスさんは私たちに出て行って欲しくないらしい。

「なんでそんなに俺たちにいて欲しいんだ？」

「そりゃクルト、優秀な冒険者が近くにいたら助かるからに決まってんだろ。特に嬢ちゃんには普段も助けられてるしな。おかげでここ最近のルーキーたちの死亡事故も減ってきてんだよ」

「……へぇ」

役に立つ薬を作ったり、色々と他の冒険者にアドバイスをしたり。

あと何故か、偶に厨房でマグロを解体したり……。

でも別に街を出ていくわけじゃないんだし、いつでも戻って来られるんだけど。

「まぁクルトは同じ男として、気持ちがわからなくもねぇが」

「ん？　俺？」

「そりゃさすがに……冒険者ギルドに女は連れ込めねえだろ」

「ちげえから……あんまロッテの前で変なこと言うな。その発言、娘さんが今度来た時、言いつけてやるからな」

「あ！　きたねぇぞ、てめえ」

口論になる男二人。二人が落ち着くのをチビチビと果実酒を飲みながら待つ。

「でも、何が不満なんだ……？　宿泊費も一切かからない、水道代もかかんねえし、職場はすぐそこ、大通りに面していて立地は抜群、食事も好きな時にとれるんだぞ、情報もどこよりも入手しやすい」

「い、いやまぁ、そうなんですけどね」

ぶっちゃけ冒険者ギルドは宿泊施設じゃないからですよ。

「ぼちぼちお金も貯まりましたので」

「お金が貯まったって、好きなだけいればいいじゃねぇか……節約になるだろう」

「でも、これ以上甘えるのはまずいかなぁ、と。強いて言うなら不満がなさすぎるのが不満というか」

「……そういうことか」

至れり尽くせりではあるんだけど。環境に甘えすぎというか。

この答えでゴンザレスさんに納得してもらえただろうか？

「ち……贅沢な話だぜ、この世には恵まれない奴らが一杯いるってのによ」

「「感じわるっ」」

　あれ、悪いの私たちなの？　ハモる私とクルトの声。

「ま、冗談はこのぐらいにしとくか」

「ゴンザレスさん？」

「さすがに無理に引き留めることはできねぇしな。つっても、今日明日に出ていくって話じゃねぇんだろ？」

「まぁ……そうですけど」

　とりあえず、その件は片付いた。話がなあなあになった感じもするけど。

　引き続き、ワイワイガヤガヤと三人で楽しく話す。

「あ……そういや、この前のギド村の報酬の件を見直していて気づいたんだけどよ。お前ら二人、正式なパーティ申請していないだろ？」

「そうでしたっけ？」

「そういえば、してなかったような……」

　顔を見合わせる私たち。

【紅蓮の牙】を抜けて、自然と二人一緒に行動していたわけだけど。

「してねぇんだ、これが……当たり前のように二人一緒にいるから、俺も考えが抜けてた。依頼が終わって今更気づいたわ」

　冒険者ギルドで仕事をこなせば、金銭的な報酬だけでなくランクも上がる。

ギルドでランク査定している時に気づいたらしい。

冒険ギルドには二つのランクが存在する。

パーティランク（全体）とソロランク（個人）だ。

「確かソロランクだとクルトがA、私がD……だったっけ？」

「え……そんなに低いのか、ロッテ？」

「低いのよ、これが……」

あんまり困ったこともないんだけどね。今まではパーティ単位で行動していたから。

お前みたいなのがなんで【紅蓮の牙】にいるんだって、蔑む目で見られたことはあるけど。

「一応、任務完了時の報告書類に基づいてランクを決めてはいるが……色々システム上の問題もあるんだよな」

「ロッテのランクが低いのは、リーダーのアーノルドが報告書を書いていたのも一因だろうな」

ギルドの人が現地まで付いていって査定はできないからね。

どうしてもある程度は申告制になる。

「そもそも、嬢ちゃんには悪いが、薬師に限らず支援職って強さがわかりにくいんだよな、だから低めに評価されがちっつうか」

「目に見えない能力ってやつか？」

「クルトの表現はしっくりくるな。薬師然り、実際行動を共にしてわかるありがたさっていうか。クルトみてえな戦闘職なら、模擬戦とかやればはっきりするが」

「でも、ギド村の件は目に見えてロッテの功績だぞ」

「ああ、だから間違いなく……今回のでランクが上がるはずだぜ」

そしてソロランクの話題から、パーティ申請についての話に移る。

「お前らがパーティ申請するなら、後付けだがギルドで功績として処理できるぞ」

パーティランクは単純に個人ランクの平均点で決まるわけではない。

勿論、考慮の際に基礎評価として加味はされるが、パーティを組んでからの功績がプラスアルファで乗っかってくる。

「新しい魔石鉱山の発見含め、滅多にないレベルの功績だからな。この機会を逃すのは勿体ないぞ。それに正直、ギルドとしてはお前たちがパーティを組んでくれた方が助かる」

パーティを組む大きな利点としては、仕事が入ってきやすくなる。

当然だが、パーティ単位の方ができることは多い。

大型の仕事依頼の際に、いちいち個人の能力を査定して、細かく人を集めていく……なんてするのは大きな手間だ。ギルドとしてもパーティ単位の方が仕事を振りやすい。

クルトはともかく、私個人のランクは高くない。

ゴンザレスさんなら、それでも仕事を振ってくれそうだけどね。

他の街に行った時のことを考えると、パーティ申請した方がメリットは大きい。

デメリットしては、メンバー同士の金銭トラブルなどで揉めたりすることが考えられるが、私とクルトならまぁ……たぶん大丈夫だろう。

「だそうだけど、どうするクルト？　せっかくだしパーティ申請……しておく？」

「どっちでもいいよ、俺は……」

特にクルトも反論はないようなので、申請しておくか。

「パーティ名はどうする？　未定なら【真・紅蓮の牙】なんてどうだ？」

「お、それいいな」

「いいなじゃないわよ」

ゴンザレスさんの悪ノリに便乗するクルト。

本家のアーノルドたちに喧嘩売るようなネーミングだ。

「もう。悪い意味で噂になるわよ」

「そうかな……それは今後の俺とロッテの行動次第じゃないか？」

「ぶっちゃけ、俺はそんなに間違えてねぇパーティ名だと思うけどな」

ゴンザレスさんの評価はともかく。必死で過去にしがみ付いているようで、なんか嫌。

でも実際いるんだけどね。有名パーティの名前に似せて知名度を上げるパーティも。

大抵、実力がなかったりで途中で消えてなくなることが多いけど。

「とりあえずメンバーだけ書いて、パーティ名は【無】って書いておくぜ。時間のある時にでも適当にパーティ名を考えておいてくれ」

「わかりました」

「パーティを組むなら二人だけというのは少し寂しい気もするがな」

ゴンザレスさんが言う。確かに通常はバランスを考えて三～五人で組む。

ただ、人数が増えると心強いが、その分個人の取り分も減る。

「まぁ、お前たち二人なら、きっちり頭脳担当と戦闘担当で役割分担もできているし問題ないだろう」

「あ、でもそういえば……アンジェリカが、機会があればパーティに入りたいとか、ちょっと言っていたような」

「え、なんだそれ？　初耳なんだけど」

「嘘だろ、大聖女が加入とか、どんなパーティだよ……」

私の言葉に驚くクルトとゴンザレスさん。ふと少し前の出来事を思い出す。

「どうして言ってくれなかったんだ？」

「いや、どこまで本気の発言かわかんなかったしねぇ」

「実現したら本家より贅沢じゃねぇか、やっぱ【真・紅蓮の牙】でいいんじゃねぇのか？」

ゴンザレスさんの提案を再び却下する私だった。


三日が過ぎた。秋の終わりの朝の澄んだ空気の中。

冒険者ギルドの訓練場に響く、大きな足音と衝撃音。

「おらあああっ！」

「ちっ、この……」

舞い上がる土煙、眼前で戦っているのはクルトとゴンザレスさん。

木剣を構えるクルトに対し、ゴンザレスさんは拳と格闘戦が主体である武道家の戦闘スタイルだ。

「パパ、頑張れえええぇ！」

「おうよっ！　俺の勇姿をよく見てろよ、マナフィ！」

声に一瞬でれっとした顔を見せ、気合の声をあげるゴンザレスさん。

今、私の隣には小さな観戦者がいる。

ゴンザレスさんを応援しているのは、十歳の小さな女の子。

パッチリと開いた大きな瞳、ふわふわのウェーブがかった赤いロングヘアー。

お人形さんみたいな外見だけど、実はこの子、ゴンザレスさんの娘である。

可憐すぎて本当に目の前の筋肉ムキムキな男の娘さんかと疑いたくなるが、一応血は繋がっている。

「す、凄いね、二人ともっ！　ロッテお姉ちゃん」

「ふふ、そうね」

目を輝かせ、興奮気味に戦いを見るマナフィちゃん。

以前、この子が深紅病に罹患した時に治療薬を作ったのが私。

その時、手伝ってくれたクルトとも面識があり、よく懐いてくれている。

「うおおおおっ！」

お子さんが遊びに来ているせいか。

いいところを見せようと、妙に張り切っているゴンザレスさん。

武道家特有の手数の多さで、クルトを押していく。

直線的な攻撃から、突然クルトの死角より繰り出されるゴンザレスさんのサイドブロー。

それをクルトが木剣を上げて軌道を逸らす。

「あ……あっぶねぇ」

「やるじゃねえか、よく今のを捌いたな」

「くそ、木剣を持つ手が痺れてやがる。なんつぅ重い一撃だ、威力を受け流したってのに」

真面に木剣の腹で受けていたら、剣がへし折られていたとクルトが言う。

「だが、本当に強くなったなクルト。完全に俺の動きについてきてやがるし、油断したらマジで負けそうだ」

「油断したら、か。まだ上から目線かよ……腹立つなぁ」

「そう思うんなら……こいや」

「行かねえよ、この距離だと分が悪い」

だが、挑発には乗らず距離を取るクルト。

中近距離だとクルト、密着するような至近距離だとゴンザレスさんに分があるようだ。

ゴンザレスさんが不思議そうな顔をする。

「何をするつもりだ？」

「ちっ！」

「ほう……！」

クルトの習得した、飛ぶ剣閃。

自身に向かうそれを見て、興味深そうな顔のゴンザレスさん。

「おもしれえ、だがな」

腰を落とし、拳を打ち出す構え。そして、猛スピードで下げた拳を突き出す。

拳から発生から衝撃波がクルトの剣閃と空中で衝突し相殺される。

「ま……まじか」

「同じことができねぇと思ったか？　俺だって自分の弱点は理解してる。剣士であるてめぇ以上に遠距離戦が苦手なのもな」

さすがに唖然とするクルト。それからも戦いは続く。

カンカンと打ち合う音が鳴って、瞬きの間に気づいたら別の場所にいたり。

Ａランク冒険者と元Ａランク冒険者の戦い、見学料がとれそうね。

ハイレベルな戦闘すぎて何やっているのかよくわからない。

「なんだかクルトお兄ちゃん……可哀想」

「え？　ど、どうしたの、急に？」

途中何度も「パパ頑張れ～」とマナフィちゃんの応援する声が響いていたのだが……。

突然黙り込んでしまった。

「もう、駄目だよ……ロッテお姉ちゃん！」

「ふえ？　わ、私？」

ゆっくり私の方を見るマナフィちゃん。

「うん、私がパパを応援しているんだから、お姉ちゃんはちゃんとクルトお兄ちゃんを応援しないと、そうしないと不公平でしょ、クルトお兄ちゃんが可哀想」

「いや勿論、頑張れって思ってるよ」

「心の中じゃなくて、ちゃんと言わなきゃ伝わらないでしょ、もう」

「で、ですよね」

ちゃんと気配りのできる少女だ。でも私にはこの子はちょっと眩しすぎる。

「でもその、今更というか、大人になると、そういうのは素直に叫びにくいというか」

「もう、ごちゃごちゃ言い訳しないの」

「はい、すみません」

子供に勢いで押される私。これ以上、うだうだ言うのも恰好悪いので。

す～は～す～は～と深呼吸……い、いくぞ、いくぞ。

「く、くく……クルト頑張れええっ！」

「……え？　ロッ……ぐっ！」

私の大声に反応し、こっちを見て目を開くクルトの顔。

視線を逸らした隙を突かれてゴンザレスさんの打撃をもらってしまう。

「お、おい大丈夫か？」

ご、ごめん……クルト。

やっぱり慣れないことはするもんじゃないと、学んだ瞬間だった。


「う、ん……」

「あ……目が覚めた？」

訓練場でゴンザレスさんの一撃を頭にもらい倒れてしまったクルト。

「え？　ロ、ロッテ？　つっ！」

「急に起き上がらないの……もう」

「いや……だけど」

膝枕をされていることに気づき、慌てて起き上がろうとするクルト。

私はその額を上から手で押さえつける。

「ほら、もう少し横になっていなさいな」

「まぁ……ロッテがいいなら、いいんだけどさ」

クルトが私の顔を見上げて小さく呟く。膝に再び重さが伝わってくる。

「ゴンザレスさんたちはどこ？」

「今、濡れたタオルを用意してくれているわ」

「そっか、俺……どれぐらい気絶していた？」

「五分くらいかな、倒れる前の記憶はある？」

「ああ」

状態を見るに問題はないみたいね。少し休めば元気に動けるだろう。

「まったく、油断したとはいえ、我ながら情けない」

「ま……まぁ仕方ないわよ、うん」

「ロッテ？」

「相手は元Aランク冒険者だしね。現役時代はSランク目前まで行った人なんだからさ。それに勝負は時の運よ、うん」

「いやぁ……ロッテが変な声を出さなければ、運関係なく、いい勝負できたと思うんだけど」

「へ、変とはなんだ……おい」

「やるならやる、やらないならやらない。応援するならちゃんと応援してくれ、変に緊張で上ずった声が聞こえたから、ビックリしたぞ」

「ご、ごめん」

うん、ここは素直に謝罪しておこう。少し腑に落ちない部分もあるけれど。

「はは……ま、いいさ。珍しい声が聞けたし」

「……」

からかうようにクルトが言う。

「それに、ちょっとだけ役得だし」

「うん？　役得ってなにが？」

「膝枕、役得かな……って」

「お、おおお……お、お……貴様あ」

「な、なんだその反応……もしかして照れてるのか……珍しい」

「う、うるさいなぁ」

不意打ち気味なクルトの台詞に、思わず動揺する。

「ま……でも、テトロドさんもクルトが男の子だって言ってたしね、しょうがないか」

「なに、その発言？　……かなり嫌なんだけど」

そんな冗談交じりの会話をしていると。

遠くから走ってくるゴンザレスさんとマナフィちゃんの姿。

「ほら、元気になったんなら、どいたどいた」

「はいはい」

ペシン、ペシンと軽くクルトの肩を叩く私。

ゆっくりと立ち上がるクルトだった。

「大丈夫かクルト？」

「ああ、心配かけて悪い」

全力を出せる相手と戦うのが久しぶりで、やりすぎたとゴンザレスさん。

用意してくれた冷たいタオルを額に当てるクルト。

「ご、ごめんね、クルトお兄ちゃん。私がロッテお姉ちゃんに余計なことを言ったから」

「いや……俺が未熟だっただけだから、マナフィは気にしなくていい。何があろうと負けは負けだ」

　ポンと、マナフィちゃんの頭に優しく手を置く。

「でも、手応えは感じられたかな……今言っても負け惜しみみたいだけど」

「いや、世辞抜きで強くなったぜ……一年半前は一分も持たなかったのによ。今真剣勝負したらどう転ぶかわかんねぇ」

　ゴンザレスさんのクルトへの素直な賛辞。

「とはいえ、もっと上を目指すんなら体術を磨いた方がいいな。剣術は超一流だが、体術はまだ一流だ」

　褒めているんだか、褒めていないんだかよくわからないゴンザレスさんの台詞。

「クルトは剣士だ。体術はメインでなくてもいいが、ハイレベルな戦いに臨むなら弱点を作っちゃいけねぇよ。動きを多彩にすれば、剣術に流用できる場面も増えるはずだぜ」

「わかってる。癪だけどゴンザレスさんの動きはいい勉強になった」

「がはは、そいつは光栄だ」

　ゴンザレスさんが豪快に笑う。

　戦いの反省点などをああだこうだと二人が話していると。

「なんだ……朝から随分、楽しそうな声が聞こえてくるな」

「お！　てめぇが訓練場に来るなんて珍しいじゃねえか」

聞き覚えのある男性の声。現れたのは薬師ギルド長のテトロドさんだった。

「運動しに来たのか？　それはいい考えだぜ。てめえは室内で仕事ばっかしてないで、健康のために動いた方がいいぞ。もっと日光を浴びろ、薬師が不健康なんて笑えねぇ冗談だ」

「ほっとけ……相変わらずはっきりと物言う男だな」

ゴンザレスさんの言葉に顔を顰めるテトロドさん。

でも実際、線の細い彼は訓練場には似合わない。

「運動しに来たんじゃないなら、誰かに用事でもあったか？」

「ああ」

私の方を見るテトロドさん。冒険者ギルドで暮らしているのは彼も知っている。

朝の時間なら会えるだろうとギルドに訪れ、訓練場にいると職員から聞いてやって来たらしい。

「前に話した件、君と彼《クルト》に正式に依頼をしようと思ってな」

「俺も？」

「ああ、二人にだ……」

薬師ギルドで別れ際に言っていた話。

守秘義務で内容は殆ど聞かせてもらえなかったけど、ようやく教えてくれるらしい。


重要な話っぽいので、ギルド長室へと場所を移動する。

私たちが話をしている間、マナフィちゃんは、外で職員の方が遊んでくれるようだ。

応接用の長形テーブルの片側に私とクルト、対面にギルド長の二人が分かれて座る。

「単刀直入に言おう」

座って最初に口を開いたのは、話を持ってきたテトロドさん。

「君たちに頼みたい仕事は、ある島で目撃された生物の保護だ」

「保護……ですか？」

「ああ、予測できているとは思うが、勿論普通の生物ではない」

でしょうね。わざわざこうして依頼してくるくらいだし。

「その生物って一体？」

「それについては君たちが受けてくれるなら話すつもりだ」

「おいおい、単刀直入って言葉の意味おかしくないか？」

「それじゃあ、さすがに……」

ゴンザレスさんもクルトも困った顔だ。

至極当たり前な私たちの質問だが、答えられないという。

「代わりに依頼の信頼性については保証する。今回の件は王国から薬師ギルドの上層部に回ってきた仕事だ。ゆえに俺の一存では話せない」

「……なるほど」

そう言われては追及できない。でも受けるなら、もう少し情報が欲しいところ。

ゴンザレスさんを一瞥するが、手を左右に振るジェスチャー。

彼も心当たりがまったくないらしい。

「テトロドさん……決める前にいくつか質問してもいいですか」

「勿論だとも、答えられる範囲で答える」

まず一番大事なこと。

「その生物の危険性は？」

「危険ではない……と俺は思う、おそらくな」

「おそらくですか？　クルトも一緒にということみたいですが」

「厳密には未知数ゆえに力を借りたいといったところだ。それと、どちらかといえば道中、目的を達成する過程において荒事が必要になる可能性があるからだ」

未知数、ね……じゃあ次だ。

「これは質問というより確認です。テトロドさんは保護と言いましたよね、捕獲ではなく。つまり対象に傷をつけたりすることは」

「ああ……絶対に厳禁だ」

大事なことらしく、念押しするテトロドさん。

国レベルで保護すべきと判断した生物。でも……テトロドさんは危険性は未知数と答えた。

やはり話が矛盾している。少なくとも過去の文献などには載っているということか？

いくつか頭の中に浮かんでくる可能性。さすがに完全には絞り切れていないけど。

虎穴に入らずんば虎子を得ず、という感じでもある。

リスクも未知数で判断に迷う。これだけ隠されると好奇心は確かに疼くんだけど。

うん、こういう時は……。

「テトロドさん、もう一ついいですか？」

「うん？」

「私たちから見ても……面白そうな仕事と考えていいですか？」

「………はは」

テトロドさんの口が弧を描く。どうやら彼的に面白い質問だったようだ。

そもそも変な話なんだ。仕事を冒険者ギルドでなく、薬師ギルドに通したことが。

生物の保護であれば冒険者ギルド、もしくは騎士団だけで解決すべき問題だというのに。

「君のそういうところは好ましいよ。そうだな、入ってきた情報が事実だとすれば、君好みな案件になるはずだ」

「……」

テトロドさんが微笑む。それから最低報酬金額とか推定される拘束期間とかできる限りの情報を引き出す。さて……さすがに独断で決めるのはなんなので。

「クルト……受けてみていいかな？」

「いいよ」

即断？　あっさりと頷くクルト……ま、迷いがなさすぎる。

「い、いいの？　最近クルト、私に甘すぎない？」

「なんだそれ、嫌なら嫌とちゃんと言うから……パーティの頭脳担当の意見なんだ、基本的には従うさ」

「いやぁ、今回はかなり直感で決めちゃってるんだけど」

一応念押しをする私。

「何か感じるものがあったんだろ？　確かに情報不足ではあるけど、王国と薬師ギルド長の依頼だ。信頼性はあるし、ここまで秘密にされると何が出てくるのか楽しみではある。それはそれで冒険の醍醐味だしな」

「クルト……ありがと」

「別に礼を言われることでもないさ」

「二人の判断に感謝する」

微笑むテトロドさん。最終的に依頼を受けることに決める私たち。

「ちなみに今更だが、参加しない俺もここで聞いていて大丈夫なのか？　席外すか？」

気遣うゴンザレスさん。

「いや、大丈夫だ。薬師ギルドに所属しているロッテ君だけならともかく、クルト君もいることだし、そちらも事情を知っていた方が後で話を通しやすい。立場的にもそれぐらいの融通はきく」

「わかった」

互いのギルド長同士のやり取りのあと、いよいよ伏せていた生物の名前があかされる。

「では、話の続きといこう。君たちに頼みたいのは絶滅種、ユニコーンの保護だ」

「ユ、ユニコーンの保護って……ほ、本当ですか？　その話」

「ああ……見つかったのだ。もう世界のどこにも存在していないと思われていたのだがな」

テトロドさんが首を縦に振る。

彼の情報の隠しようから、相当に希少な生物なんだろうと予測をしていたけど。

（まさか、絶滅種の保護とは思わなかった）

想像もできない。この世界に生存していないから絶滅種と言われるわけで。

ユニコーン、穢れのない白い体毛に、真っすぐ天に向かって生えた角が特徴とされる。

昔はそれなりの数が生息していた、らしい。

美術館に保管されている過去に描かれた画には、草原を走るユニコーンが背景に描かれている。

絶滅理由としては、元々繁殖力の高い生物ではないことが挙げられるが、それだけではなく、人間たちに乱獲されたことで数を減らし、気づいた時にはもう遅く絶滅の危機に……そしてそのままといった流れがあった。

乱獲されたのは、その素材の有用性が挙げられる。

角が優れた薬の材料になり、不老不死の神薬の材料になるとか、なんとか。

まぁ前者は事実だが、後者は実証されていない。私自身、ユニコーンの角などお目にかかったこともない。今では本当に希少で王国の宝物庫に保管されているのみ。

「それで、その島の場所は……」

「かなり特殊な場所だ。魔の海と呼ばれ、荒れに荒れる海域の島だ」

「……魔の海、か」

リムルの北東をずっと先に進んだ場所。

激流で荒れ、漁師も絶対に避けて通る海域に存在する島らしい。

魔の海は異常なほどに魔力濃度が高い海で、黒みがかった海から黒海と呼ばれることもある。

海中には強力な魔物も現れ、船の渡航は禁止されている。

荒れる海流は方向感覚を狂わせ、海路では通れない。

実は魔の海は何百年も昔から存在していたわけではない。

変化が海に現れたのは約十年ほど前……実は最近だ。

その危険性を世間に知らしめたのは、この国の第二王子が、魔の海の近くで海難事故に巻き込まれた事件だろう。

だが、空であれば島への安全な上陸が可能。

ユニコーンを島で見つけたのは、今から半月ほど前のことだという。

島の上空を、王国の空騎士団が飛行船で巡回している最中に、ユニコーンらしき存在を遠目ながら発見した。目撃者も複数おり見間違いではないそうだ。

「……あれ？」

「どうしたのクルト？」

「いや、その島に行くってことは俺たち、飛行船に乗せてもらえる……？」

「ああ、そう聞いているぞ」

「おおっ、マジかよ！」

目を輝かせ、玩具を与えられた子供のように喜ぶクルト。

確かに役得だ。王国では事故のあった背景もあってか、飛行船の実用化が一気に進んでいるが、それも近年の話であり、空騎士団の設立も最近だ。

まだ一般民衆が使用できるほど、飛空艇は数も設備も揃っていない。

かくいう私も、話を聞いてちょっとワクワクし始めていた。

「でもなんで、ユニコーンの保護でまず薬師ギルドに仕事がまわってきたんだ？」

クルトがテトロドさんに尋ねる。

「今回の仕事に関しては、腕っぷしよりも知識の方が求められる。乱暴に捕まえれば終わりという話ではない」

「それは、そうだが……」

ユニコーンは絶滅種……いや、絶滅種ではなく絶滅危惧種か。

「現存する魔物ならともかく、ユニコーンの生態に関しては薬師の方が詳しいからね」

「なるほど」

補足するように伝える私。

実物を見たことはなくても、昔の研究記録自体はそれなりに残っている。

それに、ようやく見つかったユニコーンに怪我なんてされたら、騎士団じゃまず対応できない。絶対に絶滅させるわけにはいかない。

「でもテトロドさん、今回の仕事は保護といっても、内容がかなり漠然としていますよね」

「まぁ……探り探りだからな。実際は現地調査でユニコーンの生態をよりあきらかにする手伝い……と思っていい」

慎重に様子を見て、騎士団と協力しながら臨機応変に進めていくといった形だ。

「まずは見つけて生態観察からって感じですかね？」

「ああ」

希少なユニコーンに関する仕事だ。慎重になって損をすることはない。

「でもいいんですか？　私にこんな重要な仕事振っちゃって。いや、とても面白そうだとは思いますけど」

「君を推薦することに関してはすでに伝えてある……先方も納得済みだ」

魔石病の功績が特に評価されたらしく、すんなりと話が通ったそうだ。

「それと、君には頭でっかちな研究者にない、現場での対応力がある」

「そりゃまぁ、できるだけ頑張ってはみますけどね」

あんまり期待されても困るけど。そんな私の様子を見てか……。

「心配すんな、そう言って期待以上の結果を出してきたじゃねえか！」

「そうだな、ロッテならいけるさ」

「クルトの言う通りだ、嬢ちゃんが失敗するなんてありえねえ！」

「へ、変なプレッシャーをかけるんじゃない」

私結構、失敗してるからね。必死でリカバリーしているだけで。

「三日後に、空騎士団がこの街に迎えにくる。それまでにしっかり準備を整えておくといい」

「わかりました」

「了解」

頷く私たち。話を終えてテトロドさんは部屋を出て行った。

くれぐれもこの話が外に漏れないように念押しして。

まぁ今の時代にユニコーンなんて、どれだけの価値がつくのか想像もつかない。密猟者に狙われでもしたら大変だ。

向かう先は未開の島。もしかしたらユニコーン以外にも、島では面白そうな生物が見つかるかもしれない。


とにかく……また退屈しないで済みそうだ。

飛空艇と空騎士団

念入りに旅の準備をし、いよいよ島へと出発する日。

朝ご飯を食べたあと、リムルの港の端にある少し離れた指定着陸ポイントへ。

空からでも確認しやすいように、地面に描かれた大きな白い丸。

昔桟橋として使用していたスペースを離着陸できるように改築したらしい。

今日は雲一つない天気で空がよく見える。

飛空艇を待つ私たちと、見送りに来てくれたゴンザレスさん。

残念ながらテトロドさんは時間が取れず、見送りできないようだが、昨日ギルドまで挨拶に来てくれた。

「まだかな、まだかな」

「クルト……もう少し落着けや、子供じゃねえんだから」

「仕方ないだろ、俺、空を飛んだことがないんだよ」

「あったらあったで、怖いけどね」

空の世界を想像し、隣には少しそわそわした様子のクルト。

まぁ気持ちはわかる。私も隣のクルトがこんな感じだから冷静なだけの話だ。

飛空艇に乗れるだけでも仕事を受けた価値はありそうに思えてくる。

「あれ、ゴンザレスさんはあまり興味ないんですか？　空の世界に？」

「……あん？」

さっきから、少し反応が冷めているような気が……。

「人間の住む世界じゃねぇからな、空は……」

ポツリと呟くゴンザレスさん。

「つぅか実は俺、高所恐怖症なんだよ」

「……そうなんですか？　意外ですね」

「ま、切っ掛けはどこにでもある些細な話だ。レアモンスターのミスティックバードを夢中で追っていたら、山崖から百メートル転落した」

「「さ、些細じゃない」」

豪快なエピソードです。高所恐怖症になったので済むレベルじゃないと思いますけど。

「ところでお前ら……あまり荷物が多くないな」

「食料とか基本物資は向こうで用意してくれるらしいので」

私の荷物は向こうで使いそうな薬の素材とか、調合道具とかが殆ど。

何もなければ島まで飛空艇で二日。島での滞在時間は状況によりけりだけど。

「来たっ！　あれじゃないか？」

空を指差して、目を輝かせるクルト。

飛空艇らしき大きなものがこの場所に近づいてきていた。

上から差す巨大な影、ついにやってきた飛空艇。

船長は約三十メートルほど、幅は七メートルくらい。

こうして近くで見るとかなりの迫力があった。着陸用のサークルにゆっくり降りてくる。

翼もないのに飛んでいる。

こうして見ると……やっぱり不思議で色々と好奇心が掻き立てられる。

地上に降りると、船体から乗降用のはしごが掛かり、一人の騎士が現れた。

白銀の兜に刻まれた王国のエンブレム。

兜を取ると、短い茶髪をツンツンと上にたてた中年男性。

一歩、二歩と落ち着きある所作でこちらに歩いてくる。

「お初にお目にかかる、カナコルム王国、空騎士団長のナイゼルだ。ロッテ殿とクルト殿だな」

「は、初めまして……」

「よろしく」

差し出された筋肉質な手を、若干緊張しながら握る。

まさか、騎士団長自らご丁寧に出迎えてくれるとは思わなかった。

「テトロド殿から話は聞いているが、二人とも本当に若いな」

私たちを見て、丁寧に揃えられた髭を撫でながら呟く。

「だが二人とも専門分野での実力は確かだ、俺が保証するぜ」

「……む？」

ゴンザレスさんの声に反応する騎士団長。

「貴殿は……もしや『戦風』か」

「お？　懐かしい呼び名だな。昔の俺を知っているのか？」

「当然だろう、かのアルゴ戦役での暴れようは今でも記憶に焼き付いている」

「へぇ、あの戦いに参加していたのか？」

「ああ。確か今は引退してギルド支部長をしているという話だったか」

「本当によく知っているな」

昔話に花を咲かせる二人。

こうして真面目に聞くと、ゴンザレスさんって凄い人だったんだと思う。

うん……ちょっと失礼か。

話が一区切りし、こちらに向き直る騎士団長のナイゼルさん。

「『戦風』の推薦もあるならやはり実力は疑いようもないな。すまないな二人とも、素直に思ったことを口にしただけで、先ほどの発言に侮蔑の意図はない」

「いえいえ、全然気にしていませんから」

素直に口にしただけみたいで、年下だからと馬鹿にしている感じもしない。

前回の仕事で出会ったのがアンジェリカで、最初から敵意が最大値だったせいか……落差で友好的にすら感じてしまう。

「ナイゼル団長、時間も押しておりますので、そろそろ」

「うむ……今行く」

飛空艇内部にいる部下の騎士から呼び戻され、ナイゼルさんは落ちないように梯子を上って船体デッキへ。私たちもその後に続く。

「クルト、嬢ちゃん……気をつけてな」

「はい」

「ああ」

「ゴンザレスさん、テトロドさんにもよろしく伝えておいてください」

ブロロロと音がして地上が遠ざかっていく。手を振りゴンザレスさんにさよならの挨拶。

そしてついに……空の旅へと出発である。

吹き付ける風の中。高度百メートル以上の上空を飛んでいく私たち。

下一面に広がる海の青。遮るものもなく凄い解放感だ。

「おおお……すげえ」

「ちょっ！　そんなに前に出ると落ちるわよクルト」

船体デッキの柵ギリギリのところに立ち、身を乗り出すクルト。

今にも落ちそうでハラハラする。どんどん遠ざかっていく地平線。

船で十日以上かかる距離が飛空艇では半分もかからない。

いつか飛空艇での移動が当たり前になるのだろうか？

そうなれば、間違いなく世界は変わる。短時間で世界中の場所を行き来できれば人の流れも増える。情報も巡り文化や技術も発展していく。

まぁそこまで普及するにはまだまだ時間がかかりそうだけれど。

「速い……町がもう、小さくなったぞ！」

「ええ、本当に凄いわね、こんな大きな船が飛ぶなんて！」

目を輝かせ横を飛ぶ鳥に手を振るクルト。

「この飛空艇は王国の保有する飛空艇でも最大のものだ。この日のために陛下に許可をいただいたのだ」

「「……あ」」

「ははは……楽しんでいるようだな」

騎士団長さんが近づいてくる。はしゃいでいるところを見られ、少し気まずい私たち。

「ナイゼル騎士団長」

「別に、そんなに堅苦しい言い方をしなくてもいいさ」

「いや、でも……」

一応依頼人だし、ここのトップなわけで。

「君たちは騎士団の人間じゃない。今回の仕事の協力者だ、もっと普通に接してくれていい」

かなり友好的だ。少し抵抗があったが、そのまま普通にナイゼルさんと呼ぶことに。

勿論、最低限の礼節は忘れない程度に。

「でも……本当に凄いですね。飛空挺、浪漫を感じます」

「珍しいな。女性はあまりこういう乗り物に興味を持たないイメージだったが」

「あはは、確かにそうかもですね」

「残念なことに、飛空挺を最初に見る時、がっかりする貴族もそれなりにいるのだ」

「そうなんですか？」

こんなに魅力的なのに。

「性能はともかく外観はただの大きな船に見えるらしくてな。期待して来たが実物は面白味がない、遊び心がないとな」

「あ、遊び心って」

はぁ、と……ため息を吐くナイゼルさん。

「普段からチャラチャラした装飾品ばかり身に着けて、表面上のわかりやすい美ばかり求めているから飛空艇の魅力を理解できない、底の浅い奴らだ。これは優秀な技術者たちが苦労しながら何十年とかけて試行錯誤し、作られた理想的な形だというのに」

ナイゼルさんの愚痴が怒涛の勢いでてくる。

まぁ見た目は普通の海を走る木造船に近い……が。

「確かにわかっていないですね、シンプルな形状が力学的にも一番強度があるというのに」

「わかるのか？」

「ちょっとは。それに一見普通の木造船みたいな作りですけど、細部が全然違いますよ。先端を極限まで細くすることで空気抵抗を失くしていたり……強く受ける風の抵抗を考慮して、偏心しないように中央マスト位置がほんの少し後ろに下がっていたり……」

「ほう、ほほほう！」

目を輝かせるナイゼルさん。

「す……素晴らしい、今日初めて見たというのに君はよく理解している」

パチパチと手を叩くナイゼルさん。

「ありがとうございます。さりげなく隠されていて、実は……だから恰好いいんですよね」

「そう！　そうなのだよ！」

理解者がいてくれて嬉しかったのか、ギュっと私の手を握ってくる。

「まったく、わかっていない奴が多い、シンプルゆえの美しさというものを……」

「合理的……実に合理的、まさしく技術の粋……」

「ロッテ、好きだよな……そのフレーズ」

また始まったかって感じで私を見るクルト。

「ええ、綺麗な力の流れの図を想像するだけでゾクゾクするわ」

「怖い怖い怖い」

ちょっと引いた顔のクルト。

対照的に感嘆して私を見るナイゼルさん。そして。

「気に入ったぞ二人とも……興味があるなら操縦室を見てみるか？　本来は団員以外は中に入れ

ないのだが特別だ」

「ほ、本当に？」

「お願いします！」

　とても嬉しい提案に是非にと頷く私たちだった。


　ナイゼルさんの好意で船体内部を案内してもらう。

「まさか操縦室まで見れるとは……」

「本当にありがとうございます、ナイゼルさん」

「いやいや」

　お礼を言う私たち。ちなみに私たちが今日泊まる部屋なんかは、この後で案内してくれるそうだ……紹介順が変だけど深く考えない。

「私はな、君たちにとても感謝しているんだ」

「感謝、ですか？　……もしかして昔どこかで会っていたり？」

「【紅蓮の牙】の時も空騎士団と共同で仕事した記憶はないけどな」

　カナコルム王国の騎士団は担当する領域で大きく三つに分かれる。

　陸、海、空……その一つの長となれば相当な立場だ。

　歴史の浅い空騎士団は規模的には一番小さいが、会ったことがあればまず忘れないだろう。

「直接の面識はない。先ほど会ったのが初めてだ」

じゃあ、一体なんだろう？　何故か最初から好意的な感じはあったけれど。

「はは、君たちが思いあたらないのも無理はない。感謝しているのはもっと間接的な理由だ。それも本当に最近だな。先日仕事でギド村に行っただろう？」

「えと、はい」

今、村には王国の調査隊が送られているはずだ。

もしかして、魔石病で治した誰かがナイゼルさんと繋がりがあったのかな。

「これだよ……これ」

(うん？)

笑みを浮かべ、手にわっかの形を作るナイゼルさん。

騎士団長なのに、なんか急に商人のおじさんみたいな顔になったぞ。

「君たちが魔石鉱山を見つけてくれたからな。おかげで王国内で空騎士団《ウチ》の予算が一気に増えそうなのだ」

「な、なるほど」

も、もっと綺麗なエピソードが出てくると思ったけど。まぁ……うん、でもお金大事。

「予算が増える？　……ああ、そうか。飛空艇の動力源は魔石だったな」

「そういうことだな」

クルトに頷くナイゼルさん。

「ですが、飛空艇の動力源としてはあそこの魔石は……大型の魔石が見つかったという話は聞いていませんが？」

見つけたのは小型の魔石が殆どだった。

動力源に大きい魔石が使用されているのは、消耗分の魔力を外から補充することができるからだ。小さい魔石だとそれが難しい。

これは小さいコップと大きいコップ、どちらが丈夫で、水を注いだ時に零れにくいかを考えればいい。

コップが魔石、水が魔力と置き換える。当然大きいコップ（魔石）の方が入れ物は丈夫だし、勢いよく水（魔力）を注いでも零れない。

「君の言う通りだ。この飛空艇には国内で発見された最大サイズの魔石が搭載されている。小型の魔石を代わりに使うとなると、使い捨てという形にはなるが……それでも一時的な燃料としては使用することができる」

それに、最近では小さい魔石を集めて大きくする魔石融合の研究も進んでいるらしい。

魔石実験は費用もかかり、繰り返しできるものではないが、ギド村の件で魔石は手に入るし研究も進む。これは鉱山を見つけた私たちも報酬を期待してもいいのではないだろうか？

「建国からの長い歴史で見れば、空騎士団は設立して間もない。王国も力を入れてくれているのだが、やはりない袖は振れない」

新設ゆえにまだ人数も少ない。王国の保有する飛空艇もまだ四隻、本格的に運用するにはまだ少なすぎるが、状況が変わるかもしれない。

なるほどね。だから最初から私たちに友好的だったのか。

「魔石の発見で一番恩恵を受けられるのはうちだ。これで新参だからと、他の騎士団の奴らにでかい顔をされずにすむ……ふはははははは」

大きく笑う騎士団長。やはりどこにでも面倒はあり、この人も苦労しているようだ。


楽しいことがあると、時間が過ぎるのは早い。

今日はそれを実感するくらい刺激を受けた一日だったと思う。

ナイゼルさんに案内された操縦室。設置された最新鋭の機器には胸が躍った。

魔物や周辺地形を素早く発見する最先端の探知機に望遠レンズ。

操縦者の意志を狂いなく船に伝える、特殊な金属でできた十字の移動舵。

こちらの質問にもナイゼルさんは一つ一つ丁寧に答えてくれた。

エネルギー源となる魔石の制御室はさすがに案内してくれなかったが……それでも十分に満足だ。


空の旅は進んでいき、日も暮れて夜になる。

日が沈む前の空から望む赤い水平線はとても綺麗だった。

少し視点を変えるだけで、世界がこんなに美しく見えるのだと知った。

なお、夜に外のデッキで空からの夜景を楽しんだり……というのは残念ながらできない。

暗くなってから、必要以上に船体を明るくすると魔物が寄ってくるしね。

まぁ、これは仕方ない。夜は体も風で冷えるだろうし諦める。

船内で夕食を取ったあと。クルトと二人、今日泊まる飛空艇内の一室に向かうために廊下を歩いていると。

「……ということに、なったんだよ」

「ええ、それ本当ですか？」

「もう、クリムト様ったら」

「きゃっ、きゃっ」

廊下の奥から声がした。この場に相応しくない女性たちの明るい声。

複数の女性たちが、密着するように一人の男性を囲んで話している。

なんかこの場所に似つかわしくないというか、変な感じだ。

今回の目的地は未開の島。

この船はチャラチャラした貴族たちが旅を楽しむクルーズ船じゃないんだけど。

「……おや？」

向こうも私たちに気づいたようだ。ふと男と目が合う。

漆黒の鎧を身に纏い、肩まで伸びた黄金の髪。炎のような赤瞳には妖しい魅力がある。

「失礼、通行の邪魔をしてしまっているね」

「いえいえ」

船内の狭い廊下なので横にどく私たち。譲り合いの精神は大事。

「どうぞお通りくださいな」

「悪いね」

「ささ、どうぞどうぞ」

なんか、彼と話していると後ろの女性陣がこっちを睨んでくる。

貴様には絶対に渡さんとばかりに、男の腕に自身の腕を絡ませる女性たち。

「「……」」

こっち睨むな、別に興味なんてないから。わかりやすいくらいモテモテだ。

男性はこちらを一瞥し、そのまま去って行った。

「なんだろ、今の人たち？」

「空騎士団員？　いやでも男はともかく、女性たちは鎧とかつけていなかったけど」

少し心に引っ掛かったが、部屋に入るとそんなことは忘れ、休息をとる私たちだった。


私たちに用意されたのは、左右の端にベッドが一つずつ、中央にカーテンが設置されて仕切られた簡素な部屋だ。

「ロッテ、ナイゼルさんにかなり気に入られたな」

「そうかな？」

「俺、前から思ってたんだけど、何気にコミュ力あるよな……ロッテ」

「あまり自分では意識したことないけれど」

誰とでも仲良くできるわけじゃない。

そんなに世渡り上手だったら、パーティ追放なんてなってないと思う。

「かなり人を選ぶけれど、なんというか、玄人好みというか」

「く、玄人って」

いやでも確かに。マニアックな人材の方が付き合いやすい……かも。薬師ギルド長のテトロドさんとか。今日のナイゼルさんも、分野は違えど共感できる面があるから。

逆に街の流行だとか普通の女の子がする話題はよくわからないし、クルトの発言は案外的を射ているかもしれない。


翌朝、部屋の窓から差し込む優しい光が目を覚ましてくれる。

クルトとデッキにでると、そこには指揮をとるナイゼルさんがいた。

「おはよう、二人ともよく眠れたかな？」

「ええ、ぐっすりと」

「大丈夫だ」

「そうか……よかった。慣れない空で体調不良を起こす人間もいるからな」

私たちを気遣ってくれているようだ。

「それに自慢ではないですが、私たち眠るのは得意ですから……」

「吹雪の洞窟や、煉獄宮でモンスターハウスど真ん中で眠ったのに比べればこれぐらいはなぁ」

「あぁ……あれは本当にキツかったわねぇ、ベッドって本当ありがたいわ」

昔を思い出しながら呟く私たち。あの時は本当に辛かった。

吹雪の洞窟は別の意味で眠るのが大変だった、一歩間違えば寒さで永眠するので。

モンスターハウスの時は、魔物の発生源をなかなか突き詰めることができなくて超長期戦になり、強引に休息をとったことが鮮明な記憶として残っている。

「そ、そうか……大変、だったんだな」

もう、なんて答えたらいいかわからない顔のナイゼルさん。

どうやら共感できる部分とできない部分があるようだ。

軽く咳払いしたあと、ナイゼルさんが口を開く。

「……君たちは見るのは初めてか？」

「ええ」

「あれが、魔の海」

上空から見るが、まるで夜の海のように透明感を感じない。

空は明るい青空で海は恐ろしく暗い。その対比が余計に不気味さを感じさせる。

「こんなとこ、船はまず無理だな」

「……ええ」

荒れ狂う激流、海面下に飲み込もうとする渦が頻繁に発生する。

「空からだから冷静になれるが……それでも下を見るたびにぞっとするよ」

ナイゼルさんがぽつりと呟く。

「現状、順調に目的地へと時間通りに進んでいる。このままいけば今日の夕方には島に着くはずだから、そのつもりでいてくれ」

「わかりました」

仕事の邪魔をしないように別れる私たち。午前中は道具の整理をしたり。昼食後は適度に休息を取りながら、飛空挺での残り時間を潰していた。

しかし、目的地まで無事に旅が進むかと思いきや。

夕方前、ユニコーンの島まで三十分もかからないという場所まで来て、カンカンカンと大きな金属音が船中に響く。

「なにかあったのか？」

「みたいね」

船員が部屋にやってきて、私たちに緊急事態であることを知らせる。

先程の音は空襲、魔物の襲来を知らせる合図らしい。

大急ぎで船体デッキに出ると、騎士団員たちは魔物と交戦状態に入っていた。

「げ、ワイバーンだ！」

「ち……また面倒なやつが」

襲撃した魔物の正体を知り顔を顰める私。思った以上に面倒な相手に舌打ちするクルト。

ワイバーンは緑色の鱗がびっしりと生えた体長三メートルほどの空飛ぶ魔物。

外見はドラゴンとかなり似ており、亜竜と呼ばれる。

前足が羽を兼ねており、長い尻尾の先には猛毒が含まれる。

戦闘能力はドラゴンに劣るが、小型ゆえに小回りが利き機動力が高い。

ドラゴンに劣るといっても、魔物ランクは単体でCと低くない。

それもあくまで陸で相対した時の話だし、ざっと数えて十体以上、ここまで大きい群れは、【紅蓮の牙】にいた時でも見たことがない。

飛空艇を護りワイバーンを近づかせまいと、大空を縦横無尽に飛びかう無数の魔法と矢。

しかし、ワイバーンは恐れる様子もなく飛空艇に攻撃を仕掛けてくる。

「ナイゼルさん！」

「おお！　来てくれたか、二人とも！」

指揮をとるナイゼルさんが私たちの登場に気づく。

「援護する！」

『ＧＹＵＡＡＡＡＡＡ！』

クルトが斬撃を次々とワイバーンたちへ飛ばす。

皮膚から飛び散る鮮血、痛みで悲鳴をあげるワイバーン。

だがクルトの剣閃はワイバーンの固い身体を完全に切り裂くには至らない。

「ち……遠いな、それに硬い」

顔を顰めるクルト。威力が低いのが飛ぶ剣閃の弱点。雑魚魔物なら一層できるんだけど。

クルトが頑張って援護をするが、いかんせん数が多すぎて追いつかない。

「もっと速度を上げろ！　限界まで！　全速でワイバーンを撒くんだ！」

船上から操作室に伝わる連絡管に、大声で叫ぶナイゼルさん。

「こ、これ以上は無理です！」

しかし、飛空艇のスピードはあがらず、ワイバーンを振り切ることはできない。

「突然なによ、この数は……」

「そんな簡単に遭遇する魔物じゃないはずなんだが……」

時折ワイバーンの口から吐き出される火球が船体に直撃。勘弁してほしいんですが。

方々から立ち昇る黒い煙。このままだと飛空挺が墜落しかねない。

「ここに、クルト君がいてくれたのは本当に助かった、頼もしいよ」

「と、言われてもなぁ……直接なら体を切れるんだけど」

いくらクルトでも、遠距離の斬撃で切れるほどワイバーンの身体はやわくない。

ワイバーンもクルトを警戒してか、必要以上に近づいてこない。

このままだと遅かれ早かれ、墜落するのは時間の問題かもしれない。

この危機を乗り越えるため、どうにかする手を考えるしかない。

「ひっ！」

「きゃあああああ！」

「た、助けっ」

船上に轟く甲高い女性たちの悲鳴。昨日見たチャラチャラした女性たちだ。

「あ、あの……ナイゼルさん。なんでここにいるんですか？　彼女たち」

さっきから、ちょこちょこ小さい魔法を飛ばしていたけど。

狙いも荒いしワイバーンを中途半端に刺激して興奮させているだけだし。

バタバタとデッキを走り回るし、正直言って。

「じ、邪魔……」

クルトが遠慮なくズバッと言う。気まずい顔のナイゼルさんだけど私も同感。

「す、すまない。彼女たちは正規の空騎士団の人間ではないのだが、今回の仕事の特性上連れて来ざるを得なかったのだ」

騎士団員たちが剣と魔法で頑張ってくれているが、戦闘要員が圧倒的に足りない。

飛空艇技師たちもいるし、全員が戦えるわけじゃない。

最大定員で約三十名、そんな元々少ない枠を彼女たちが埋めてしまった形だ。

「君たち、こっちへ来るんだ！」

「「クリムト様！」」

女性たちを大きな声で呼び寄せる男。昨日見たやたらキラキラした騎士が彼女たちを守っていた。まぁ、あっちは今は置いておいて。

「ロッテ、何かいい手はないか？」

「急に言われてもねぇ、簡単にいい手なんて思い浮かばないわよ」

さすがにワイバーンなんて想定していない。

陸上ならば、クルトが苦戦する相手じゃないんだけど。

「クルト君、薬師は戦えない。彼女に期待するのはさすがに酷だぞ」

「そんなことはないさ、ロッテはそんじょそこらの薬師じゃない。【紅蓮の牙】の頭脳は伊達じゃない」

「……なに？」

「こういう大ピンチの時は、俺なんかよりロッテの方がよっぽど頼りになるんだ」

おいこら、馬鹿クルト。気持ちは嬉しいけど変にハードルをあげるんじゃない。

クルトの言葉に半信半疑のナイゼルさん。

「まぁ……確かに、打開策があるにはあるけどさ」

「え？　……あ、あるのか？」

強く反応するナイゼルさん。目まぐるしく変化する状況の中で冷静に考えた結果。

ワイバーンの特性を踏まえて取れる手が……とりあえず一つ。

「でも、これはなぁ……ちょっとなぁ、お勧めはなぁ」

「打開策があるなら、やるべきだ！　どちらにせよ、このままじゃどうしようもないのだ！」

「まぁ、そこまで言うなら……わかりました」

この場の決定権を持つ騎士団長がいいならいいんだろう。

「なら、ちょっと悪い手を使いますね」

「……え？」

「精神をゴリゴリ削られますけど……みんなで耐えましょうか」

ちょっとギャンブルじみているけど、時間もないしね。

私がにっこりと微笑むと、ナイゼルさんがたじろいだ。

考えた作戦を騎士団長のナイゼルさんに伝える……でまぁ、彼の反応はというと。

「し、正気か……君は」

もうわかりやすいくらいドン引きしていた。

「う、うまくいくのか、本当に？　一歩間違えただけで全滅だぞ。それに君の考えている通りの動きをワイバーンがするとは限らない」

「だから言ったじゃないですか、ちょっと悪い手だって。勿論、正攻法で守り固めて、速度を上げて、ワイバーンの包囲網をこのまま突破できるならそっちの方がいいですよ」

「……ク、クルト君はどう考える」

「ま、ロッテが言うんなら、大丈夫なんだろうな……と。本当に危険な時は『ちょっと』ってつけないし」

さすがクルト、よくわかっている。

わずかの沈黙のあと、ナイゼルさんが決断する。

「い、いいだろう……やってやる、やってやるぞ、やってやろうじゃないか、おお！」

覚悟を決めるナイゼルさん。ちょっとヤケクソな感じもするけど。

「なんか懐かしいよな、このスリルある感覚」

「ちょっとドキドキしてきたわ、冒険してるって感じね」

「こっちは心臓が張り裂けそうだよ。どれだけ場慣れしているんだ君たちは……」

深呼吸をしたあと、ナイゼルさんが私の伝えた通りに指示を出し始める。

「聞けええええぇ！」

大声が戦場に轟く。戦いながらも騎士団長の声に耳を傾ける団員たち。

ワイバーンの目を欺くために。

「今すぐに帆をたため！　お前たち！」

「「「え？」」」

出された命令に混乱する騎士団員たちだが、その反応も当然である。

飛空艇の動力は魔石だ。無風状態でも動くことができる。

マスト上部に張られた帆はあくまで省エネのための補助用だ。

状況に応じて風力を利用することで、魔石エネルギーの消耗を抑える役割。

しかし今は追い風で恩恵を受けている状況だ。帆を畳めばスピードダウンに直結する。

「団長！　そんなことをしたらワイバーンに囲まれて、船に攻撃が集中してしまいます！」

「大丈夫だ！」

断言するナイゼルさん。

「だ、大丈夫って」

「で、ですが……」

納得いかない顔の団員たち。

「大丈夫だ！　大丈夫なんだ！　そんなことにはならん！　信じろ！　信じるんだ！」

おそらく、言っている本人も大丈夫とは思っていないが、部下たちに不安が伝わらないように顔には出さない。立派なリーダーだと思う。

ここまで、可能な限りのスピードを上げて、ワイバーンから逃れようとしていた飛空艇。

私が考えた手はその正反対。

「合図のあとで船を急停止する！　そのあとは絶対に動くな！　なにがあってもだ！」

船を止めるといっても事前準備なくいきなりは当然止まれない。

帆を畳んだりとマスト近くで大急ぎで作業する人たち。

作業をワイバーンに妨害されないように、クルトが頑張って斬撃を飛ばしている。

魔法を使えるものは、船体から上がっている火を水魔法で消す。

全員一丸となってこの危機を乗り切る。手を上げてこちらに合図を出すナイゼルさん。

すでに操縦室の方にも作戦は伝令済み。いざ準備もできたので。

「じゃあ、クルト先生……これをお願いします」

「はいよ、任せとけ」

私が手渡した灰色の球体を壊れないように受け取るクルト。

大きく振りかぶり、それを近くのワイバーンへと投擲する。

私が投げても的を外す危険性があるからね。ここ一番でそんな大ポカはできないし。

「目をつぶれえええっ！」

投げると同時に叫ぶクルト。外の球体部分が壊れると同時に強烈な光が迸る。

凄まじい発光現象。クルトが投げたのは私が調合した特性の閃光玉だ。

『ＧＹＵＡＡＡＡＡＡ！』

ワイバーンの悲鳴。眩しさで目も眩み、ワイバーンの攻撃がピタリと中断される。

と、同時に飛空艇が急停止する。

「きゃあああっ！」

「こっちだ、捕まれ！」

急激な加速度の変化により体に走る衝撃。皆、外に身を投げ出されないように床に伏せたり柵に捕まったりして凌いでいる。

『…………』

そして光が消えたあと、先ほどまでの戦いが嘘のような沈黙がやって来る。

まるで時間が止まったように、皆の動きも止まっている。

頑張ってナイゼルさんの命令を守っている形だ。

何人かは動揺して動いてしまわないよう、敢えて目を閉じたり、顔を船体につけたりしている。

『ＧＹＵ？』

上空で困惑したように翼を動かすワイバーン。

首を左右に大きく振って、戸惑いながら私たちを探しているが……しかし。

（やっぱり……こちらを認識できていない）

こんなに大きい飛空艇だというのに、絶対に視界に入っているというのに。

私たちを見失ったかのような挙動を示す。

（どうやら……うまくいったようね）

対面のクルトやナイゼルさんとアイコンタクト。

人間の意志によって飛空艇を動かす以上、そこにはタイムロスが必然発生する。

三十メートルを超える船体では小回りは利かず、ワイバーンの機動力には当然劣る。

加えてトップスピードでも負ける以上、障害物のない空で普通に逃げられるはずもない。

ならばもう知恵比べで勝つしかない。そのために私たちのやったことは簡単だ。

閃光弾を投げ、目を眩ませている間に船体を急停止。

たった、それだけ……しかしそれがワイバーンには実に効果的なのだ。

ワイバーンは私たちが一瞬で消えたと考えているはずだ。

ワイバーンはその特性上、停止しているものが殆ど見えない。

視界に映っていてもうまく認識できない。厳密には静止した映像の中で、どこに何があるのか詳細を判別する目を持っていないというべきか。

これは普段、高速で動く鳥や魔物などの餌を優先的に素早くとらえるがゆえの特性であり、私はこの特性を逆手にとったのだ。

先ほど帆をたたんだ理由は、スピードを落とすためだけではない。

風で帆が動き、船が発見される確率を少しでも下げるため。

閃光玉を投げる前に、大きな火の手を消したのも、上昇する煙で位置バレしないためだ。

ワイバーンの嗅覚などがもっと鋭ければ使えない手だが、どうにかなってなによりだ。

一先ず、ワイバーンの目を眩ませることには成功した。

必死で探しているが、このまま動かずにいればおそらくやり過ごせるはずだ。

じっと息を殺して、ワイバーンがどこかに行くのを静かに待つ。

別に無理してワイバーンを倒す必要はない。逃げ切ることさえできればいい。

(しかし、妙な感じがするわね)

飛空艇はとても貴重な乗り物だ。昨日説明を聞いたけど、少しでも安全に航空できるように、船には魔物を呼び寄せないための聖水だって撒いてある。

効果は絶対ではない。そういうこともないとは言えないのだけど。

飛空艇を探して飛び回るワイバーンたち。下手に動くと注意を引くので、さりげなく視線だけ動かして、ワイバーンの群れの動きを確認。

一分経過……息を殺し、ワイバーンが消えるのを待つ。

ようやく諦めたのか、そのまま振り返りワイバーンは後方へと飛んでいく。

「もう……話しても、大丈夫かな」

「はぁ～～～～」

物凄く疲労した顔のナイゼルさん。呆然と虚空を見つめている。

「無事に成功したな」

「まぁ、やったこと自体はそこまで難しくないしね」

「そうだなロッテ君の言う通り、難しい作戦ではない」

ナイゼルさんの統率力があればいけると踏んだ。

「ただ、誰も考えないだけだ……襲撃の最中にわざわざ船を止めるなどな。仮に私がワイバーンの特性を最初から知っていても、リスクを恐れて同じ作戦は浮かばなかっただろう」

「寧ろ私、誰よりもリスクを恐れていますけどね」

「ど、どこかだ、あれの……」

「まぁ危険がゼロとは言いませんが」

特性的に普通にイケると思いましたからね。

「どんなに大きく危険な落とし穴があったって、落ちなければいいんですよ……今回は手元に飛び越えるための材料がしっかりあった」

慎重さと臆病さは違う。行くべき時は行かないと、二度とチャンスなんて巡って来ないかもしれない。

「考え方は理解はできる……が、前提条件として、その判断をするには落とし穴の状態を見極めるだけの経験則がないと無理なんだがな」

まだ少し納得いかない顔のナイゼルさん。

「【紅蓮の牙】の頭脳、か……クルト君が言った意味がなんとなく理解できたよ」

「凄いんだロッテは。さっきも言ったけど、こういう時はロッテに全部任せた方がうまくいく、俺なりの経験則だ」

「い、嫌な経験則だ」

まぁ、クルトは思考放棄をしても仕事放棄はしない。

信じて仕事をこなしてくれるのは本当にありがたいんですけどね。

「ははは、なんにせよ助かったのは君たちのおかげだ……ありがとう」

「いえいえ」

お礼を言うナイゼルさん。とにかく、どうにか作戦通りに……。

「……ん？」

「どうした、ロッテ？」

「い、いや……なんかワイバーンの様子が変だなぁと」

敵を見失い空の向こうに消えるかと思いきや。ワイバーンたちの動きが止まった。

それも一匹だけではない……群れ全体でだ。

「なんで……あそこから動かないんだ？」

「さ、さぁ……？」

不自然な動作だ。生物の行動には大概、意味があるものだけど。

私はこんな挙動を起こすワイバーンを知らない。ぶるぶるとその大きな体が震えだす。

『『『『GYUOOOO!』』』』

「「「……なっ!」」」

ワイバーンが大きな咆哮をあげたあと。

しっちゃか、めっちゃかに口から大きな火球が乱雑に全方位に放たれる。

高速飛来する火球の一つが飛空艇に直撃。衝撃で飛空艇が動いてしまう。

「ロッテ!」

「……ええっ!」

ホッと一息しかけたところで、まさかの急転直下。

これは……まずい。今ので完全にワイバーンにこちらの位置がバレてしまっている。

「ナイゼルさん!」

「ああ、わかってるっ!」

安堵できたのもつかの間、再び加速する飛空艇。

追撃してくるワイバーンから、とにかく全速で逃げる。

後ろから飛んでくる火球を必死で迎撃するが、やはり真面からでは分が悪い。

飛空艇の損傷も大きく徐々に高度を落としていく。

もうこれ以上は耐久力が持たないという状況になって、ようやく目的地のユニコーンの島が見えてきた。

「見えたっ!　あの島だっ!　全員どこかに掴まれっ!　……不時着するぞっ!」

高度を落とし、飛空艇は強引に着陸態勢へ。
海面に着水、島の木々をなぎ倒し、同時に船を傷つけながら、強引に減速していく。
止まれたはいいが、ボロボロになってしまった飛空艇。
どうにか島に辿り着いたはいいが、前途多難な仕事が始まったのだった。

サバイバル

「飛空艇の被害状況はどうなっている？」

「ええ、外装部の破損がとにかく大きく、所々に大きな穴が開いています。幸い中核の魔石コアは無事でしたが……」

　なんとか島に到着した私たちは、大急ぎで状況確認を進めていく。

　正直、元の依頼であるユニコーンを保護するどころではなくなってしまっているが、現実から目を逸らすわけにもいかない。

「もし修復できだとしても、今日明日では無理です。相当な時間がかかるかと……」

「そう、か……」

　このまま飛ぶのは危険という飛空挺技師の言葉に、ナイゼルさんがため息を吐く。

　愛船が傷ついたことで声が沈んでいる。騎士団員たちも気持ちは同じで、雰囲気は暗い。

　鬱蒼と茂る森の中、日も落ちてきた。

　魔の海の黒みがかった海岸から、ザザァと漂う波の音がより悲壮感を倍増させる。

　最後のワイバーンのおかしな挙動。突然錯乱したかのように、火球を乱射して……あれがなければ、あのまま逃げ切れたはずだったのに。

「いや、だが……全員生きてこの島に着き、飛空挺も修復できる可能性があるだけ、まだ、よしとするべきか」

リーダーとして、どうにか気持ちを切り替えようと前向きな発言をするナイゼルさん。

だがそこに水を差す声が……。

「よしじゃないわよ！」

「ち、ちょっと待ちなさいよ！」

話に割り込むように叫ぶ女性たち。

「じゃあ私たちはこれから、この何が起きるかわからない島でずっと暮らすかもしれないということですか？」

「う、嘘でしょう？」

女性たちから次々に大きな反論の声があがる。皆、この島に似つかわしくない恰好。

なんか、動きにくそうなスカートを履いていたり、無駄にこった装飾品を身に着けていたり、騎士団というよりは貴族の私服みたいな。

「技師たちが総出で飛空艇の修繕作業に当たる、君たちの想像する未来にならないように全力で務めるつもりだ」

「な、何言っているんですか！　しっかり否定してくれなきゃ困るんですよ！」

「そもそも、帰路だってワイバーンに襲われるかもしれないじゃないですか！」

「ふざけないでください！　どう責任とってくれるんですか！」

ガヤガヤと元気に騒ぎ出す女性たち。かなり剣呑な雰囲気。

彼女たちを宥めるナイゼルさん、本当に大変そうだ。

そもそも彼女たちはどうしてここにいるんだろうか？　助けてあげたいところだが、変に第三者の私が間に入ると火に油を注ぎそうな雰囲気だ。

ナイゼルさんには申し訳ないけど、私は私の仕事をしよう。

まずは荷物のチェック。殆どが部屋に置きっぱなしだ。飛空艇内のいくつかの部屋は酷い状況だそうで、駄目になっているかもしれない。

部屋に戻って調べると嬉しいことに持ってきた荷物は無事だった。

相棒のアザンヌ（乳鉢）とか、大事にしている調合器具も傷はない。

ただ、手持ちの分だけでは先ほど傷ついた兵士たちの回復薬の材料として心もとない。

機会を見て島で素材採取をしよう。


パチパチと火の爆ぜる音が聞こえる。

野営の準備を手伝い、中から持ってきたポーションを騎士たちに配る。

手当てを終えた騎士団員たちと焚火を囲む。やはり雰囲気は暗い。

飛空艇の損傷に殆どの者が落ち込み黙り込んでいる。

「ナイゼルさん……食べてる最中に悪いけど、少し聞いていいかな？」

「ん？」

もそもそと干し肉をあぶってかじり付くナイゼルさんが、クルトの声に顔を上げた。

「何故、彼女たちのように……冒険慣れしていない人たちを島に連れてきたんだ？」

　それは私も感じていた疑問だ。飛空艇では彼女たちが仕事に必要だからって話していたけど、今回の仕事にどういう関係があるのか見えてこない。

「すまない……まだ君たちには説明をしていなかった」

　先程のやり取りを思い出してナイゼルさんが言う。

　王国の保有する飛空艇は全部で四隻、一隻は王族たちが他国との外交や緊急時に使用。

　一隻は私たちが乗ってきた損傷した飛空艇。残る二隻も現在は別の任務で航空中。

　そもそも飛空艇の数が少ないのである程度は人材不足も仕方ないが、貴重な人員枠を彼女たちで埋めてしまう理由が不明。

「今回の仕事は希少なユニコーンの保護だ……観察するにせよ、保護するにせよ、まずは見つけてある程度近づかなければ話にならない」

「まぁ……確かに」

　クルトが頷く。

「彼女たちは未婚の貴族子女だ」

「え？　な、なんだ突然？」

　ユニコーンの話題から彼女たちの身分の話になり困惑するクルト。

「薬師のロッテ君なら私よりもユニコーンの生態には詳しいだろう？　ここまで言えば察しもつくんじゃないか？」

「わかったのか、ロッテ？」

「まぁ……なんとなくは。文献ではユニコーンは清らかな乙女や純粋な子どもを好むとされている。彼女たちはユニコーンを警戒させないために連れてきたということですね？　さすがに子供を連れてくるわけにもいきませんし」

「ああ、正解だ」

ナイゼルさんが頷く。

男であるテトロドさんが女の私に仕事を振ったのにも、そういった背景があるのだろう。

「ナイゼルさん……疲れてます？」

「まぁな。だがあれぐらいは慣れている。適当におさめておくさ。それに……さっきは彼女たちが興奮していたから聞き役に徹していたが、私も騎士団長だ、行きすぎれば諫めるだけの発言力はある」

ナイゼルさんが言う。

「でも……う～ん」

「どうしたのクルト？」

「いや、さっきの話の続きなんだけど……ちょっと納得がいかなくてさ」

クルトがちらりとナイゼルさんの奥、離れた場所で暖をとる彼女たちに視線を送る。

今もクリムトというキラキラした容姿の騎士と一緒に集まっている。

「その……清らか、か？　あの人たち」

「ちょっと、クルト……さすがに失礼よ」

「そうだぞクルト君。それにユニコーンにとっての清らかさは処女性を指す。ゆえに、心なんてどれだけ汚れていてもいいのだよ」

「お、俺より、そっちの方がよっぽど失礼じゃないか？」

かなりギリギリな発言。本人たちに聞かれていないからよかったようなものの。

（納得いかない……か）

もう一つ、ナイゼルさんの話には腑に落ちない部分がある。

別に今回の目的を達成するためだけならば、一般人の村娘や街娘でもいいような気がするけど。他に適した人材はいなかったのだろうか？

「そもそも、空騎士団に女性の方はいないんですか？」

ざっと見回すが騎士団員は全員男性。女性厳禁という話は聞いたことがないけれど。

「事実少ないが……元々、門を叩こうとする女性がいないのだ」

昨日も船上で興味を持つ人が少ないと話していたね。

男女の脳の違いなのか、なんなのか。分野によってはっきりと分かれるのは結構面白い。薬師は女性も多い印象だけど。

「だから今回のユニコーン保護の人材集めに関しては、外部から急遽招いたという形だ」

「ですが、聞いた条件だけで考えると、貴族でなくてもよかったのでは？」

「まぁ、そうなんだがな……」

私の返答に言葉を濁すナイゼルさん。

この言い方もアレだけど、もう少し身分的にも扱いやすい相手を選べばよかった。

そうすれば、今回のように内部で不破が起きることはなかっただろう。

「彼女たちは強制的に連れてこられたわけじゃないんですよね？」

「勿論だ」

わざわざ慣れない島までやってきたということは、彼女たちにもメリットがある話なのだろう。

「貴族特有の情報網なのか、今回のユニコーンの話を聞きつけて、いくつかの貴族たちがウチの娘を是非と、手を挙げたんだ」

「テトロドさんに守秘義務うんたらと言われたんですけどね、私」

「市井の間ではともかく、上ではどうしても情報がな」

まぁ、そりゃそうね。騎士団の大半は貴族出身の者たちだ。

ナイゼルさん自身も子爵家の次男だそうだ。他騎士団ともある程度の情報共有はせざるを得ないし、情報の流出を完全に止めることはできないだろう。

「本当はもっと候補の女性は多かったのだが、これでも連れてくる人数を絞ったのだよ」

「まさか、ナイゼルさんが選抜したんですか？」

色々と問題も起こりそうだけど。

「決定したのは私ではない。彼女たちを連れてきたのはクリムト副騎士団長なのだ」

クリムトというのは今も女性たちと一緒にいるキラキラ騎士のことだった。ウォーバル公爵の子息らしい。カナコルム王国で特に大きな力を持つ公爵家の一つ。

「私が選ぶとどうしてもな。それに副騎士団長の方が彼女たちの家に顔も利き、まだ平穏に事を収められる」

「……なるほど」

「女好きなのが玉に瑕だが……彼は本当に優秀な男だよ」

公爵家の力を借りたのは悪くない判断だと思う。

子爵家というナイゼルさんの家格は低くもないが、高くもない。

爵位だけ高い貧乏貴族はいるし、その逆も然りだけど、総じて力関係は爵位に比例する。

新設とはいえ、それでも騎士団長という立場にいるナイゼルさんは実績と実力のある人なんだろうが、今回の判断の影響は騎士団だけでなく貴族間にも及びかねない。

強引に決定することも可能だろうけど、後で面倒なことになりかねない。

選考に残らない＝ユニコーンに会うのに相応しくないとは、つまり……こういった人が落ちるのだ。
・清らかでない女性
・容姿が美しくない女性
こんな烙印を真正面から若い娘に押したら、相手が貴族でなくても絶対禍根を残す。

ナイゼルさんよりも身分の高い家の令嬢であればなおさらだ。

「と、話が少しずれたので戻すぞ。彼女たちがこの島に来た目的についてだ。いくつか思い浮かぶが、まずは選考に携わったウォーバル公爵家と繋がりを作ることだろうな」

まぁ、彼女たちの媚び媚びの態度を見ていれば十分わかる。

クリムト副騎士団長はまだ未婚らしい。

うまく気に入られれば、そのまま玉の輿というやつだ。

そもそも彼女たちは現時点で彼に選ばれ、気に入られている立場なわけだし。

「でも、それは後からの理由ですよね？　その前に手を挙げていたわけだし」

「ああ、だからもう一つ……それはこの島で付加価値をつけて、自分を高めるためだ」

「付加価値……ですか？」

「うむ、ユニコーンの祝福というのを聞いたことがないか？」

「祝福？　ユニコーンに気に入られた者は祝福を受けて、健康体になり、病気をしなくなったり、安心して子供を産めるとかいう？」

「本当に博識だな、君は……その通りだ」

「でもあれ……正直眉唾な話だと思っているんですけど」

「いや……そうでもない。表には出ていないが実際に記録も残っているのだ」

「ほう、ほほう……ちょっと教えてもらえますか？」

「興味があるようだな、勿論だ。そもそも祝福とはユニコーンが力を譲渡する行為とされているんだ」

「何故、祝福を受けたとわかるんですかね」

「祝福を受けると体に紋様が浮かぶそうだ。以降その者は病気をせず百五十歳まで生きたそうだよ」

「凄い長寿ですね」

ユニコーンの祝福。薬や回復魔法の意義ってなんだろうになるが……。

こういうのって権力者は特に欲しがるだろうなぁ。

「まぁ、どこまで彼女たちが本気で考えているかはわからんがな。そも、祝福とまでは言わずとも、自分のところにユニコーンに近づいてきたとなれば、清らかさの証明にはなるしな」

「血を尊ぶ貴族にとって、後々見知らぬ誰かが出てきたりと、面倒が起きないというのは大きいですしね」

かなり生々しい話だけど。

「ええと、なんだ……纏めるとどういうことだ、ロッテ？」

「ぶっちゃければ、少しでもいいところに嫁ぐために島に来たってことよ」

クルトに返答する。

「なんか、面倒だなぁ」

「貴族とは、そういうものだよ……クルト君。こんな形でまで利用されるユニコーンには少し同情するよ」

深夜になり日付が変わった現在も、飛空艇内部の損傷確認作業は進められている。

私とクルトは騎士団員たちと交代しながら、島の海岸沿いの森を見張り警戒中。

二人ずつペアを組み、飛空挺を囲むようにそれぞれ配置されている。

「あ……赤のルラル草じゃない！」

その間も時間を無駄にせずに採取だ。目標物のある木の根元へ駆け出す私。

ポーションの原料になり、雑草のように生命力の強いルラル草。

抜いてもしばらくすれば生えてくるが、大概は成長しきる前に人間に引っこ抜かれる。

完全に成長し赤くなった良質なルラル草は奥地でないとなかなか見つからないのだ。

「これも、これも……ほら、見て見てクルト！　こんなに一杯！」

「ほ、本当だ……これは凄いな」

ちょいちょいとクルトを手招きする。

「ええ！　……こんなにたくさん生えているのは見たことないわよ、すす、素晴らしいわっ！」

わが道を行くとばかりに、一生懸命採取活動を始める私。

「あっ！　……雷虫が飛んでいるじゃない」

「お、本当だ……久しぶりに見たなあ」

森の中でぴかぴかと光る小さな虫。非常時なのも今だけは忘れて見とれてしまう。

「なかなか幻想的だな」

「ええ、ずっと見ていられそう……凄い」

ぼんやりと虫たちを見つめる私。

光の舞踏会。発光する雷虫たちが作り出す神秘的な光景に目を奪われる。

「光を絵具にして、空というキャンバスに自由に描かれた生命たちの軌跡……か。この美しい光景は軌跡でもあり、一つの奇跡でもあるわね。ふふふ」

「ん？　……どういうこと？」

「い、いいのよ、あんまり気にしないで」

雰囲気に酔っただけだから流して頂戴。

そういう素の反応が一番困る。空気読みなさいよ。

慣れない詩句めいたこと言ったけど、元々浪漫溢れる人間でもないしね。

そのままずっと雷虫を観察……綺麗だと思ったけど、あれです。

「結構羽音がうるさいね」

「ま、しょうがない」

そんな会話をクルトとしていると。

「よ、余裕があるなぁ……お前たちは」

「……あ」

「どもども」

騎士団員たちがこっちに来たので挨拶した。私たちの会話が聞こえていたらしい。

「下手すりゃ、みんな島に閉じ込められるってのに……」

「冒険者ってのはみんなお前たちみたいなのか？　俺たち、あまり一緒に仕事した経験がないんだが……」

「どうですかね。人によると思いますけど」

正直、不安がないわけじゃないけど。島で珍しい植物や昆虫の発見などもあり、私的にはまだ期待が不安を上回っている……かな。

私一人だけならともかく、ここにはクルトもいるのが大きい。

「余裕というよりは、目の前をちゃんと見て視野を広く持とうと心掛けてるだけです。虫を見てボケっとしているようで、考えたりしてるんですよ」

「そうか……悪い。ただ思ったことを伝えただけで、さっきのは嫌味を言ったわけじゃないんだ」

「まぁ、一見ボーっとしているようで、本当にボーっとしていることも多々あるんですけど」

「なんだそりゃ」

謝罪したあと苦笑する騎士。空気が悪くならないように冗談まじりに流す。

「それで……どうして俺たちのところに？」

「と、そうだった」

クルトの質問ではっとする二人。

「交代の時間を知らせに来たんだ」

ようやくか。役目を終えたのでその場を去ろうとすると。

「あ、悪い……もうちょっとだけいいか？　二人とも」

「はい？」

そのまま、すれ違うかと思いきや。何故か呼び止められる私たち。

「さっきは怪我していて、満足に礼も言えなかったから……」

「アンタのポーションの効果は凄いな。おかげですっかり傷も塞がったぜ。ありがとう」

そう言って腕に力を入れる騎士。

「それが私の仕事なので。騎士団の人たちは皆を守るために怪我をしたんですから」

「それこそ俺たちの仕事だ」

「じゃあ、お互いにありがとうございます……ということで」

「ははは……わかった」

このままじゃ会話が堂々巡りになるしね。

「島を出るまで仲良くやろう」

「ええ」

「剣士さんもよろしくな、さっき見た剣術はマジで凄かったぜ」

「どもども」

先ほどの貴族子女たちはともかく、騎士団の人たちとは仲良くできそうでよかった。

明日からの本格的な活動に備えて、しっかりと朝まで休むことにした。

太陽が昇り、クルトと一緒にもそもそ朝食を食べていると。

「二人とも、ちょっと話を聞いてくれるか？　食べながらで大丈夫だから」

「はい」

「……むぐ」

ナイゼルさんから、現状についての状況説明を受ける。

昨日徹夜で作業をして、損傷確認と無事な荷物の仕分け整理を終えたそうだ。

話を聞いてからいくつか質問をしていく。

現状を纏めると……うん、あまりよろしくない感じ。

なにより、用意していた大事な食料や水がかなり駄目になっていたのが判明したのだ。

それを踏まえてナイゼルさんがこれからの行動指針を説明する。

これから私たちがすべきことは、大きく分けて三つ。

1．島の探索、食料、水の確保
2．帰還するための飛空挺の修繕
3．ユニコーンの捜索、保護

優先順位的にもこの順になるだろう。

島を訪れた本来の目的であるユニコーンが最後にくるというのもなんだけど。まず自分たちが生き延びなければ話にならない。

レッツ、サバイバルだ。ユニコーンの情報も国に無事帰れなきゃなんの意味もない。

なお、昨日の事件で疲れたのか、貴族女性たちは今も飛空挺内部でお休み中だ。

虫の飛んでいる外では寝られないと、贅沢に無事残ったベッドを独占中。

まぁ文句はない。外に出てきてまた喧嘩になったら面倒だし……。

飛空挺の修繕については、私たちは専門外なので技師たちに完全にお任せする。

「でだ、お前たち……こっちへ来い」

「「はっ！」」

ナイゼルさんの呼びかけでやってくる、三人の騎士たち。

「二人には、こいつらと一緒に島の捜索を頼みたい。まずはなによりも生活基盤の確保だ。水場の発見と、食べられそうな物があればとってきて欲しい……もし余裕があれば、平行してユニコーンの足跡なども見つけてくれ」

「わかりました」

なお、団長のナイゼルさんは飛空挺をベースにして全体の指揮をとる。

「探索時は、君たちがこいつら《騎士たち》を主導してくれると助かる」

「え……？　パーティーリーダってことですか？」

「そう考えてくれていい」

い、いいのかな？　そんな出しゃばった真似をして。

「勿論、こいつらも了承済みだ」

視線を送ると皆頷いてくれた。不満そうな顔をしている人はいない。

昨日話した二人の騎士もそこにはいた。

「無人島でのフィールドワークは君たちの方が圧倒的に得意だろう？　テトロド殿からの推薦を受けたのは、そういった面を期待しているのもある。さすがに初日から、こんな切羽詰まった状況になるとは思わなかったがな……」

「わかりました……そういうことなら」

「ああ、遠慮なくこき使ってやってくれ」

話を終えてナイゼルさんが去って行ったあと、出発前に簡単な自己紹介などをする。

昨日話した人もいるけど一応ね。

騎士たちの名前はシミックさん、ジェラルさん、ナダルさん。

皆、二十代前半から後半くらいの若い騎士だ。

話を終えたあと、いよいよ島の探索へと向かうことにする。


「で、リーダーさんよ、俺たちはどう動けばいいんだ？」

「さっそく、指示を頼むぜ」

「え、えぇと……そうですね」

騎士たちに言われて考える私。いきなりのリーダー呼びにはまだ慣れないけど。

ナイゼルさんや騎士たちに信頼してもらって任されたわけだし、期待に応えたいところ。

「大きな島ではなさそうですが、無策で島中を歩いても無駄に体力を消耗するだけです」

「そうだな」

騎士たちが同意してこくりと頷く。

「考えがありますので、一先ず移動しましょう。昨夜私たちが話した見張りのポイントへ」

「「「わかった」」」

五分後、指定ポイントに到着する。そこでこれからのプランについて説明する。

と、その前に……。

「最初に聞いておきたいんですが、皆さんは普段、こういう島でのサバイバル経験は」

「ないわけではないが……」

「仕事上、空で活動する機会の方が多いからな」

「あまり得意とは言えん、慣れていないというべきか」

「ふむふむ」

基礎はあるというところ。

「もちろん、足を引っ張らないように頑張るつもりではいるが」

「いえいえ……お気になさらず」

得意分野が異なるのは仕方ない。自給自足生活を送るために島に来たわけでもない。

だから、わざわざ食料を持参してきたわけだしね。

「とにかく、まずは最低限の水の確保をしましょう」

「一応、向こう《飛空挺》には何人かが水魔法が使える団員もいるが」

「この人数分を確保するのは、相当な魔力がないと無理でしょう。飲料用水だけに絞るにしても、もう少し余裕が欲しいです」

　当たり前だけど、人は水がないと生きられない。

　こういう時、まず水源の確保が何よりも優先。次に雨を凌げる居住空間の確保だ。そちらは幸いというか……動かないとはいえ飛空挺の中なら雨露は凌げる。

「まぁ水場に関しては心配せずとも大丈夫ですよ、昨日いい目印を見つけたんで。昨日見た雷虫を覚えていますか？」

「ああ……あの夜空で輝いていた虫だな」

「ええ」

　あの虫がいたということは、近くに綺麗な水場があるということ。

「夜中にあの光はとにかく目立ちます。雷虫の光の軌跡を思い出せば、どの方角に水場があるのか推測するのは難しくないです」

「な、なるほど……よく見ている」

「本当に昨晩、ただぼ～っと景色を見ていたわけじゃなかったんだな」

「あ、あはは……」

　興味深そうに言う三人に、乾いた笑いで返す私。

「それじゃあ、ちょっと待ってくださいね」

　ごそごそと荷袋から取り出したのは、何も書かれていないマッピング用の普通の紙だ。

　紙に現在地と飛空挺の位置を書き込み、地図を作成していく。

草むらをかきわけ、茂った薄暗い木々の間を進んでいくと……。

「ん、あれは……止まって！」

「ぐえっ！」

前を歩く騎士の首を思いっきり掴む私。非常時なのですみません。

ニードルツリー……危険な毒植物の一つだ。

その葉には細かい猛毒のトゲがびっしりと生えており、皮膚が触れると激痛が走る。

その激痛が消えるまでには数ヶ月かかり、我慢できずに痛みで自殺する者もいるほどだ。

「め、滅茶苦茶やばいじゃねえか、あっぶねねえ」

「ですよ」

話を聞いて怖くなったのか、胸を押さえる騎士。

赤のルラル草とか珍しい植物も多いけど、なかなか危ないものも生えているわね。

未知の場所だと、こういう危険もある。一気に緊張感のある空気へと変化する。

「大丈夫、直接肌に触れなければいいんですよ……クルト、お願いしていい？」

「ああ、任せてくれ」

私が指で方向を示すと、意を汲み取ったクルトが動く。

「ふっ！　はっ！」

クルトから飛んでいく剣撃。パラパラと落下する枝葉。強引に道を拓いていく。

「は、派手にやるなぁ、お前ら……」

「森の悲鳴が聞こえてくるぞ」

「そ、そんなこと言われても」

森林破壊をするつもりはないけど、草刈りやっている時間もないしね。

そんなやり取りをして前に進んでいくと、水の流れる音が聞こえてきた。

探索を開始してから一時間半、発見したのは小さな湖だった。

拓けた場所に出たおかげか、かなり遠くだが小高い丘が見える。

どうやら飛空艇が着陸した島の反対側に向かうに従い、少しずつ標高があがっているらしい。

そちらから水が流れてきているようだ。

注意深く進んだので時間がかかったが、給水地としては飛空艇から遠くない。

綺麗な水かどうか一応の検査をし、水を飲んで乾いた喉をごくごくと潤す。

小休止を挟んだ後。

「これから、ここをベースに日が暮れるまで食料集めをしましょう」

頷く三人の騎士たちとクルト。

「皆さん、これと同じものを見つけたらお願いします」

地面に並べられたのは三角形の木の実、カラフルに色のついた果物。

食べられる物のサンプルだ。移動中、木の実や果物をいくつか拾っておいた。

「色とか形とか、随分特徴的なのが多いな」

「その方が見つけやすいし、間違えにくいかなぁと思いまして」

「なるほど」

代表的なのはナタセルの木の実。行動食に使われるくらい栄養価は高い。

ナッツバーの中などに入っており、炒めるとコリコリした食感で美味しい。

「途中、何か気になる植物を見つけたら、遠慮なく私を呼んでください」

「わかった……ところで、キノコや野草は集めないのか？」

「そっちは基本的に私が担当します」

「探すコツを教えてもらえれば、頑張って覚えるぞ」

乗り気なのはとてもありがたいんだけど。

「派手な色合いのキノコは毒で、地味なのは毒じゃないと聞くが」

「それ、はっきりいってデマですからね」

「え、そうなのか？」

「ええ、見た目で決めるのはお勧めしません」

初見である程度、毒の有無を判断する方法はある。

例えばキノコの一部を切って皮膚に一定時間あててみると、かゆくなったり、ヒリヒリするといった反応が出たり……だがあくまで参考程度の内容で確実ではない。

知っている食べ物があるならそっちを食べた方がいいし、わざわざ冒険する必要はない。

「わかった。そういうことならやめておこう」

「ええ、すみません、気持ちは嬉しいんですが……」

「気にしないでくれ、手伝うつもりで迷惑をかけても仕方ないしな」

そもそもキノコは栄養価も高くない。私的には薬の材料として欲しい側面の方が強い。

そんな感じで説明をして各々食料集めを開始する。

「お～い、薬師さん、こっち来てくれ！」

採取作業をしていると、ちょこちょこ呼ばれる。

「そこの木になってる青いやつ……食えるか？」

「あ！　ブルブルチェリーじゃないですか！」

ブルブルチェリーは適度な酸味を持つ果物。早速一つちぎって食べてみる。

「ん～水々しくて美味しい！」

「どれどれ……俺も一つ。本当だ……美味いっ！」

適度な酸味が疲労を回復させてくれる。そのまま食べても十分美味しい。

「よくぞ見つけてくれました！」

「大袈裟だな」

「そんなことないですよ、煮詰めれば美味しいジャムを作れるし、乾燥した皮は紅茶の風味付けにも使われていて用途も広く、えっと、とにかくいいものなんです！」

「そうか……そう真っすぐ言われると俺も嬉しくなるぜ」

ニカリと騎士が微笑む。食事はとても大事、いつも干し肉じゃ味気ないし士気も下がる。

「お～い、こっちも頼む！」

「は〜い！」

呼ばれて左に右に移動する私。なかなかに忙しい。

「これ白ナスだよな！　……よく食卓に並ぶ」

「……です、ね」

ただ、凄い発見もあればそうでない発見もある。

「おい、向こうとの落差がさすがに酷くないか。もう少しいい反応してくれると思ったのに」

「す、すみません」

「そりゃ、目新しい食べ物じゃないかもしれないけどよぉ」

褒めてもらえなかった子供みたいにいじける別の騎士さん。その反応にちょっと焦る私。

「いや、えぇと、そういう理由じゃなくて……これは見た方が早いかな」

枝からちぎって、ぱかっと白ナスを手で半分に割ってみる。

「す……すっかすかじゃねぇか、中が空洞で食べるとこがない」

「この通りでして、天然の白ナスって美味しくないんですよ」

「な、なんでこんなに同じ品種なのに違うんだ？」

「見た目は同じでも、市場で売られているのは食用に品種改良されているものが多いですからね。白ナスもその一つです」

「美味しいのは農民や研究者たちの努力の結晶ってやつか」

「ですです」

こういうところに来ると、本当にそれがわかる。

そうして空が赤くなるまで採取活動は続けられた。


「思った以上に集まりましたね、そろそろ戻りましょうか？」

「ああ」

「というか……これ以上持ち帰るのは大変だろうな」

用意した袋の中に入れられた島の木の実や果物。今日一日でなかなかの収穫だ。

私の方は私の方で面白い収穫もたくさんあった。その中でも特に……。

「……ん？」

「ど、どうしたの、クルト？」

「いや……どこかからいい匂いがすると思って」

すんすんと鼻を動かすクルト。目を瞑り匂いの発生源を特定しようとする。

「これは……ロッテの荷物からだ。何を隠している？」

「い、いや、別に隠してはいないんだけど…………てか、犬かアンタは」

まぁいい、見せてあげよう。おそらく、クルトが感じた匂いはこいつのことだろう。

荷袋から取り出しのは、黒みがかった茶色のキノコ。

「こ、ここ、皇帝マヅダケじゃないか！」

「ふふ、その通りよ」

超高級茸、マヅダケの中でも最上級の一品。

冠のような、大きなカサの部分からそう呼ばれるようになった。

クルトが興奮したように叫ぶ。食欲をくすぐる匂いが周囲に広がる。

「し、市場に滅多に出回らない、一つ数百万ゴールドはする幻のキノコじゃないか！」

「よ……よく見つけたな、こんなもの」

正直、私もビックリした。こういう発見が稀にあるから冒険者やめられないんだよね。

騎士たちがキラキラした視線を送ってくる。

「ロ、ロッテさん、いや」

「キノコの女神様」

「貴方様がここにいてくれて……本当によかった」

「あ、あの、怖いんですけど」

というかキノコの女神って。

「やばい、こんなの酒と一緒に食べたら絶対美味いだろ、世界一贅沢なつまみになる」

「うわ、想像するだけでやばい、涎が出てきた」

「香りだけで、たまらないな……ちょっと貸してくれよ、ちょっとだけでいいから」

「駄目……ですっ！」

皇帝マヅダケを大事に守るように袋の中にしまう。早く隠さないと彼らの目がやばい。

「ロッテ、どうするつもりだ？　そのキノコ」

「クルト？　どうするって、もちろん後で皆で分けるつもりよ」

「見つけたのはこの一本だけか？」

「え？　ええ……」

　さすがに数は取れなかった。

「一本、か……超希少なキノコだもんな」

「ええ……残念ながらね」

　そんな私とクルトの会話を聞き、一人の騎士が小さく呟く。

「だが、今なら知っているのは俺たちだけで済む、か……」

「「「「……」」」」

　ごくり、と全員の喉が同時になった。

　な……何、この沈黙の時間。もの凄く危険な感じなんだけど……ちょっとぉ。

「だ、黙っていればバレる可能性は低い。いやだが……さ、さすがにな」

「ああ、これから皆の顔が見れなくなりそうだ」

「き、騎士として独占などあるまじき行為……はぁ」

　皆、必死で欲望を制御する。得てしてこういうところから裏切り行為は始まっていく。

　この手の閉鎖的な無人島でそれをやるのは、仲間の信頼関係を破壊する悪手である。ばれた時が色々と怖い。

　まぁ気持ちはわかるし、私も食べたいしね。

ただ、そもそもこれは……。

「皇帝マヅダケって普通のマヅダケだけと違って、食べる前に特殊な下処理が必要なんですよ」

「もしかして中に毒があるのか？」

クルトが尋ねる。

「毒……というのとも少し違うんだけど、特別な成分が含まれていて、そのまま食べると問題があるのよ。強力な副作用があるというか」

「ふぅん、どんな副作用なんだ？」

「それはさすがにセクハラよ、クルト……無知を装えばなんでも済まされると思わないことね」

「な、なんで？　俺責められてんの……」

私の返答に困惑するクルトだった。適当に答えを濁して飛空艇へと戻る。


「おお！　これはまた予想以上にたくさんだな」

「ええ、皆頑張ってくれたので」

「やはり君たちに任せて正解だったようだ。しかも、なんと！　……皇帝マヅダケまで見つけるとは！」

持ち帰った食べ物を見て、ナイゼルさんの顔が綻んでいる。

「お前たちも……任務ご苦労だったな」

「「はっ！」」

帰ってきた私たちを労ってくれるナイゼルさん。

さっき、悪の心が目覚めそうになっていたのは黙っておくことにする。

作った夕食は今日取った野菜と茸を煮込んだポトフだ。幸いというか、塩、胡椒といった調味料は無事だった。朝より少し贅沢な食事を喜ぶ私たち。

「うん……うまい、野菜もほくほくしてる」

「ああ、身体があったまるわぁ、香辛料も効いているし……」

「まぁ、贅沢言うとがっつりと肉も欲しいけどな」

クルトと食事の感想を言い合う。

皆、お腹が空いていたのだろう。騎士たちも貪るようにがつがつと食べている。

「お肉か、魔物の一匹ぐらいは遭遇するかと思ったけどね」

「警戒していたけど、気配を感じなかったな」

「そっか……」

ちょっと不思議な感じはする。さすがに魔物がいないことはないと思うけどね。

本当に最悪のケース。この島で冬を越すことも視野に入れている。

まだまだ不足しているものはあるが、少し光明が見えたのは確かだった。

そんな感じでクルトと雑談しながら夕食を食べていると。

「……少しいいかい？」

「え？　貴方は……」

私に話しかけかけてきたのは副騎士団長のクリムトさん。

ユニコーンに近づくために連れてきた貴族女性たちと、ずっと一緒にいた公爵家の子息。

そんな彼がサラサラの髪を手でかきわけ、絵になる仕草でこちらにやってきた。

「こうしてちゃんと君と話すのは初めてかな」

「ええ」

彼とは飛空艇での移動中、廊下ですれ違った時に軽く言葉を交わしただけだ。

「団長も話していたが、僕も君たちには本当に感謝している」

「い、いえいえ……そういえば、彼女たちの様子はどうです？」

「今も精神的に不安定だな、島に不時着した時よりは落ち着いているが」

「仕方ないですよ……さすがにショックも大きかったでしょうし」

「こんな時でも優しいんだな君は……隣、いいかい？」

「え？　……ええ、まぁ、どうぞ」

軽く礼だけ言ってどこかに行くかと思いきや。

少し戸惑いながらも頷く。ゆっくりと私の隣に腰掛けるクリムト副騎士団長。

「……」

彼は喋りもせず、かといって離れようともせず、座ったままただ時間が流れていく。

なんだろう、この間は。なんとも居心地の悪い空間は。

ふと、チラリと横を見る……うわ、まつ毛長。超美形の金髪騎士、どこか造り物めいた中性的な美貌は、物語の中から飛び出してきた存在のようだ。

一緒にいる私の場違い感が凄い。

「あ、あの……まだ何か、私にお話があるんですか？」

「寂しいことを言わないで欲しい、用がなければ近くにいてはいけないのかい？」

「……そういうわけではないんですけど」

本当になんなの？　やりにくい。過去にあまり話したことのないタイプだ。

というか、妙に距離が近い気もするけど。

なんでクルトじゃなくて私の近くに？　……偶々だろうか。

「と、ところで、彼女たちは今何をしているんですか？　今日は朝から姿を見ていませんが」

空気を変えるように話を切り出す。

「飛空艇の中で食事しているよ。昨日の今日で疲れているし、外だと落ち着かないようだったから」

「そうですか」

虫さされでお肌が荒れるとか言っているらしい。

ユニコーンに近づくため己の容姿を美しく保つ。

今は余裕がないけど、出番が来るまではそれが彼女たちの仕事でもある。

クリムトさんは今日、飛空艇近くで警戒しながら、彼女たちのお守りをしていたそうだ。

「その、色々とお疲れ様でした」

「今度は僕のことを心配してくれているのかい？　凄く嬉しいよ。大丈夫、なんてことないさ。こうして君が心配してくれるんなら、どんな疲労もすぐに吹き飛びそうな気がするよ」

「そ、そうですか」

そう言い、ジッと私の顔を見るクリムト副騎士団長。

よく喋るなあ。

「………」

「なんですか？」

「いや、ちょっとね」

さすがに、マジマジと顔を見られると落ち着かないんだけど。

ていうか、さっきより近づいてきてない？　この人。

「不思議だ、頑張ってもその瞳から目が離せない」

「………」

「魔性の引力というのかな、宝石のように輝く君の瞳にぐんぐん僕は引き込まれる。こんな気持ちは初めてかもしれない……君とは初めて会った気がしないんだ」

「いえ、間違いなく初めてだと思いますよ」

「……」

黙り込む副騎士団長。

あ、あれ？　なにか私、対応間違えたかな。

「ここまで無反応だと……なんか、ちょっと燃えてくるな」

「ん？」

「いやなんでもないよ。そうそう、君にプレゼントがあるんだ。受け取って欲しい。君の細く美しい繊細な腕によく似合うと思うよ」

「あ、あの……」

渡されたのは赤い宝石の埋め込まれた高級そうな腕輪。

「こ、こんな高そうなものさすがに貰えませんって」

「なに、ちょっとした謝罪と……僕と君のお近づきの印さ」

そんなパチンとウインクされても……。

「中にいる彼女たちにも送っているものだし、気にしないでくれていい。君には特に迷惑を掛けてしまったからね」

やんわりと否定するも、グイグイくるクリムト副騎士団長。

強引な感じで私の腕をとり、自分の方へ引き寄せる。

さすがにこれは……と抵抗しようと考えたところで。

「クルト君、だったね？」

「ああ」

「これは、どういうつもりかな？」

「………」

正面から見覚えのある剣鞘が伸び、私の腕を掴んでいた副騎士団長の腕を押し下げる。

クルトの鋭い眼差しが、クリムト副騎士団長を射抜く。

「邪魔しないで欲しいな。まさか、彼女に近づくのにわざわざ君の許可が必要なのかい？」

「俺の許可はいらない……が、本人の許可は最低限必要なんじゃないのか？　そういうのはアンタを好きな女たちにやってやれよ」

「なんだい？　もしかして男の嫉妬かい？　少しみっともないと思うよ？」

「嫉妬じゃないさ、ロッテがどんな男と付き合おうと縛るつもりはない」

クルトに微笑む、クリムト副騎士団長。

「ふむ……だったら、この剣をどかしてくれるかい？」

「やだ、見ていて不快だから」

「それは……もう、十分に嫉妬だと思うんだけどね」

「うるさいな。どちらにせよ、アンタの行為をわざわざ俺が応援する理由もないんだよ」

「……やれやれ、仕方ない」

ため息を吐いて立ち上がる副騎士団長。

「わかったよ、だからそう睨まないでくれ、すぐに退散するさ」

「ちょっと待ってください！　これ！」

「さっきも言った通り、それは君へのプレゼントだ……好きにして欲しい。一度渡したものだしね。いらないんだったら、島を出た後で街で売ってくれても構わない」

う、売っていいと言われてもね。なんとも言えない空気を残し、反論する間もなく去っていくクリムト副騎士団長。

「いたっ！」

「……まったく、馬鹿ロッテ」

「ば、ばかぁ……？」

そして……ポカ、と私の頭を軽く叩いたクルト。

なんでそんなこと言われなきゃいけないのか。言い返そうとするが。

「………」

「……う」

少し怒った顔で私を見るクルト。目力に押されて黙り込んでしまう私。

「ガードが緩すぎ、無防備にもほどがある。口説かれているってのに無抵抗で……」

「く、くく、口説かれている……？」

「う、嘘だろ、そこから？」

はぁと大きくため息を吐くクルト。なるほど、会話を思い起こせば、そんな感じに取れなくもない……ナイゼルさんも彼は女好きとか言っていたし。でも。

「いやいやいや、でもだって、相手はこの私なのよ」

「あれでも状況認識できないとは。自意識過剰もどうかと思うけど、自己評価が低すぎるのも問題だな」

そもそも【紅蓮の牙】で散々ボロボロに評価されてきた私の容姿だ。

「もう、クルトは考えすぎだって。いくらなんでも、あんな女に困ってない美男子が私を口説くなんてあり得ないから」

「だが……卑下するようになったのは俺たちが原因でもあるのか？」

「大体、あの副騎士団長の様子を見るに私だけが特別じゃなくて、女性なら誰にでも同じことをしている感じだったでしょ」

「別にそのままでいいと思っていたけど、ちょっと危険かもしれない。気づけば手遅れなことになりかねない。どこかで……ロッテの意識を改革しないと」

「ね……ねぇ、ちょっと聞いてる！　クルト、クルトってば、ちょっと！」

クルトの肩を揺するが反応しない。

私の声を無視して、なんかぶつぶつと呟いていた。


島生活もすでに三日目。

今日もいざ島の探索へ……と思ったが、外は大雨だった。

時々ピシャアアン！　と、雷まで発生している状況。

必然、飛空艇の中で一日を過ごすことに。

食料に余裕はないけど節約すれば数日分はある。

水は雨水を有効利用すれば確保できるし、悪天候の中で無理をすることはない。

雨でもやることは一杯ある。今のうちに島で採取した植物から薬の調合……そして。

「えぇと、確かまずは四十度くらいのぬるま湯につけて……」

桶に入った、昨日島で入手した超希少キノコ皇帝マヅダケ。

そのままだと副作用があるので、食べられるように下処理をしておく。

直接捌いた経験はないが、以前文献で見たことがあるので方法自体は知っている。

時間経過とともに白く濁っていくお湯。そろそろかな。

「取り出して、キノコのカサに等間隔に切れ込みを入れていく……と、うわ」

一気に部屋中に充満する香り。鼻孔をくすぐる最高級キノコの芳醇な香り……。

この匂いだけでご飯が食べられそうだ。

(こ、これは……危険すぎる)

さすがキノコの皇帝だ。私自身が食欲に屈服させられてしまいそうだ。

下手なことを考えないよう、処理を終えたら箱に密閉して封印しておいた方がいいわね。

解体用の短剣を使い丁寧に処理を進めていく。

そんな感じで作業をしているとお昼になる。

配給された食事を受け取り、飛空艇の廊下を歩いていると。

「もういやっ！　限界よ！」

「なんですかこれは！　朝も同じ食事だったじゃないですか！」

ワイワイガヤガヤと、甲高い女性の声が壁越しに聞こえてくる。

そこの部屋で貴族子女たちが食事の質に文句を言っているようだ。

別口で持ってきた食料も、飛空艇が落ちた時に結構な量が駄目になってしまったからね。

まぁ口に合う合わない以前に食べなきゃ体が弱って死ぬ。

放っておけば、そのうち諦めるだろうけど。

「いつまで貧乏人が口にする粗末な食べ物を口にしなければならないのですかっ！」

「貴方たち、本当は自分たちで食べようと食料を隠しているんじゃありませんのっ！」

「そのようなことは……ご理解ください。もう暫くのご辛抱を。我々も食料に余裕があるわけではないのです」

（う、うわぁ……）

八つ当たりされる騎士に同情しながら、食事の載ったお盆を手に休憩室に入ると、何人かの騎士とクルトがいた。

「どう？　順調に修復作業は進んでいる？」

「一応……かな」

午前中は肉体労働に励んでいたクルト。

島を出る手段を確保するために、飛空艇の修理を手伝っていた。

「一応か……やっぱり、何か問題がある感じ？」

「さっき作業中、ナイゼルさんと技師の人が話しているのを聞いたんだけど」

クルトがその時の説明を始める。話を要約すると……。

飛空艇の動力源（コア）の魔石や制御装置自体は幸いにも傷付かずに無事だった。

しかし、魔石のエネルギーを船体に伝達させる導線金属が戦闘や落下の衝撃で紛失していたそうだ。

「凄く特殊な金属で、持ってきている素材だと代用がきかないとか」

もし海の中に沈んでいたら面倒なことになりそうだね。

「ちなみにもし見つからなかったら？」

「正直、考えたくはないな……」

見つかるのを祈るしかないわね、本当に。

謎の魔物

それから二日間にわたって続いた雨が、ようやく止んだ。

空が晴れたので、久しぶりに外に探索へと出かけることに。

先日見つけた湖へと移動する。探索隊の人数はこの前より多く十人ほど。

また雨が降ってもいいように多めに食料を確保しておきたいからだ。

さぁやるぞ……と、腕まくりをして作業する騎士たち。

「果実類はこっちの袋に入れておくぞ……薬師さん」

「ええ、お願いします」

地面がぬかるみ少し作業しにくいけど探索は二度目、騎士たちと仲も良くなった。

人数も多いし、前回よりも採取活動はスムーズに進む。

「そういや薬師さんよ、話は変わるが」

「はい？」

「……あ、あれはどうなった？」

「あれって、なんです？」

「焦らしプレイはやめろよ、わかるだろ」

じ、焦らしって……そんなモジモジされても、わからん。

「ほら、この前とった皇帝マヅダケだよ！」

「ああ……先日、仕込みをしたので、もう少しすれば食べられると思いますよ。楽しみにしていてくださいね」

「おおっ！」

私の答えに目を輝かせる騎士。返事を聞いて作業ペースが一段階早くなった。

やっぱりモチベーションは大事だよね。

そうして今日も順調に作業は進んでいくが、二時間ほど経過した頃事件が起こる。

「……ロッテ、ちょっと」

クルトが小声で私に話しかけてきた。

真剣な顔で周囲を警戒している。

「もしかして……魔物？」

「たぶん、な……それも複数だ。敵意の混じった視線を感じる」

島に来てまだその姿を見ていなかったけど、ここに来て遭遇したようだ。

事前に決めておいた緊急用のハンドサインを出すと、警戒態勢をとる騎士たち。

『グル、グルル……』

間もなく姿を見せたのは茶色の人型生物。

大体、人間の子供ぐらいの大きさの魔物。

口からだらだらと涎を垂らし、手にはこん棒。紛れもないゴブリンである。

ゴブリンは基本的にどこの大陸にも生息している魔物だ。

戦闘力は低いが数が多く群れて畑を荒らしたり、家畜を食べて村人を困らせたり、害獣魔物として有名。低ランク冒険者への討伐依頼が頻繁に出されている。

とにかく、説明の必要のないぐらい有名な魔物だ。

「はぁ……な、なんだ、ゴブリンか」

「びびらせやがって……」

未知の島での魔物との初遭遇。警戒していたが、ゴブリンを見てどこか弛緩する空気。

そんな様子を見て、ゴブリンはゆっくりと近づいてくる。

『……』

剣を構える騎士たちと、わずかな時間の睨み合い。

通常のゴブリンであれば大して苦戦する相手でもない。

駆け出しの冒険者でも十分に対応できる相手。騎士たちの警戒心が緩むのも仕方ない。

しかし……。

「油断しちゃ駄目だっ！　こいつ……ただのゴブリンじゃないぞ！」

「「……え？」」

多くの戦闘経験からか、最初に違和感を感じたのはクルトだった。

クルトの声に呼応したかのように、こちらの隙をついてゴブリンが動き出す。

（……え？）

余裕は一瞬で吹き飛ぶことになる。

近くの草むらからガサリと音がして、数十体のゴブリンが立ち上がり姿を見せた。

小さな体躯を活かして潜んでいた伏兵ゴブリンが木の矢を射かけてくる。

「う、うわああああっ！」

「くっ！」

焦り、戸惑う私たち。騎士たちが慌てて盾をかざして矢を防ぐ。

こちらにも矢が飛んでくるが、クルトが私の前に出て一つ残らず剣で切り払ってくれた。

「大丈夫か、ロッテ……」

「あ、ありがとクルト」

皆に迷惑を掛けないように、様子を見て少しずつ後ろに下がる私。

ようやく矢の雨が止み、雄叫びをあげながら本格的にゴブリンたちが襲いかかってくる。

『ギギッ！』

「こ、こいつらっ！」

「く、くそっ！」

魔物たちが連携している。敵ながら見事なほどに。

伏兵戦法然り、私の知るゴブリンはもっと直線的で、短絡的に戦う生物だったのに。

絶え間なく響く打撃音。ゴブリンの木のこん棒と騎士たちの剣がぶつかる。

あんな太いものとそのままぶつかれば刃が馬鹿になる。

雨で地面もぬかるんでおり足の踏ん張りも利かない。地の利も完全に向こう側に。

「こ、のおおおっ！」

『ギッ！』

ゴブリンの数は想像以上に多く……全部で二十体近くはいる。

一匹が危なくなりそうになれば、即座に次のゴブリンがフォローにやってくる。

数の有利を活かして、一対二の状況まで作り出していく。

対して、私たちの方はゴブリンのペースに巻き込まれ、どんどんとバラバラに……。

（おかしい、これはいくらなんでも絶対におかしい）

ゴブリンから感じる確かな知性。先に一体だけで姿を見せたのはおそらくわざとだ。

視線を誘導し、私たちの注意を引いて伏兵を隠すため。

気配の消し方も見事なもの。あのクルトの反応が遅れたのだから……。

「わけわかんない！　な、なんでこんなにゴブリンが戦略的なのよ！」

「……ちっ！」

思わず舌打ちするクルト。攻防からクルトが一番やっかいだと判断したのか、ゴブリンは五匹がかりで囲むように彼を攻める。

この数だというのに信じられないほど洗練された動き。

互いの動きを邪魔せずに、弓を持ったゴブリンアーチャー、盾持ちのゴブリンガード、こん棒で殴り掛かるゴブリンウォリアー……各々が自分の担当する役職を確実にこなす。

私の知る連携上手な冒険者パーティと比較しても、精度はまったく劣らない。

「う、ぐっ！」

「っ！」

苦痛の声に反応して振り向くと、一人の騎士が私の背後で仰向けに倒れていた。

腹部から流れるかなりの量の血液。力なくうなだれた彼の腹部にはゴブリンの放った矢。

「怪我人たちを後ろに！　全員下がって一か所に集まれ！」

指揮系統もなく、大混乱中の私たち。

クルトが戦闘の一時的なリーダーとなり、ゴブリンと応戦しながらも指示を出す。

「お、おいしっかりしろ……」

「待って！　不用意にさわっちゃ駄目！」

倒れた騎士を心配して、矢に手を伸ばす別の騎士を制止する。

私自身が傷つかないように注意して、丁寧に刺さった矢を腹部から取り除く。

貫通力が高そうな矢。今日の騎士の装備は採取作業のしやすい、身動きのとりやすい軽量の革鎧とはいえ、こうも見事に突き刺さるとは。

革鎧を外し、寝転がらせて楽な姿勢を取らせる。矢の刺さった腹部は紫色に変色している。

この症状……矢に毒が塗られていたのは間違いない。

（あり……得ない）

ゴブリンは頭がよくない魔物だ。これだけの質の矢の作成には知識と技術がいる。

（いや……考えるのは後だ）

今は治療に専念しないと手遅れになる。毒の種類は何か？　ニードルツリー？　……いや、皮膚がここまで鮮やかな紫色に変色しているとなると、ヒポクリ草の汚染毒か。

症状から毒の種類を瞬時に判断し、調合しておいた解毒薬を倒れた騎士に飲ませる。

想定しうる限りの可能性は考えてある。

島で発見した植物から毒や病気の原因となりえるものはある程度なら想像できる。

戦闘中にゼロから調合してたんじゃ、間に合わないことは多い。

加えて、生成しておいた上級ポーションを腹部に振りかけると傷が塞がっていく。

「あ、ありがとう……よし、俺も戦線に戻……う」

「ちょっ！　まだ駄目ですって！　起き上がっては……」

立ちあがろうとしてよろめく、毒に侵された騎士。倒れないように身体を支える。

「傷が塞がっても中の毒はまだ消えていないんですから！　満足に剣も振れないでしょ！」

「す、すまない」

「いえ……それにもう、心配しなくても大丈夫ですよ」

「だ、だいじょうぶ？」

確かに初動ではゴブリンたちに大きく後れをとった。

信じられないほど、チームワークのいいゴブリンだけど……。

「さて、もういいか」

多勢に無勢？　それだけで、あのクルトが負けるものか。

奇襲で散らばっていた騎士たちも、守りに集中し身を守るように一か所に集った。

クルトの周囲には自分とゴブリンだけ。この状況で彼の行動を阻害するものは何もない。

「これで……思う存分に暴れられる」

『『『ギギッ！』』』

クルトを中心にして荒れ狂う風の乱舞。

一閃、二閃、暴風に巻き込まれたように、数多のゴブリンたちが軽々と吹き飛んでいく。

大気に舞う魔物の鮮血、倒れていくゴブリンたち。

『ギッ！』

「……後ろだよ」

クルトの姿が消えたと思えば、別のゴブリンの背後へ。

戦いの流れが一気に変わり、完全に攻守が交代した。

「す、すげぇ……け、剣の軌跡がまったく追えねえ」

「これが……あの鮮血の貴公子」

大きく目を見開く騎士団員たち。

倒れ伏すゴブリンたち……さっきまでの苦戦が嘘のように情勢は決した。

「…………ふぅ」

だというのに、どこか面白くなさそうな声のクルト。

「お疲れ様、どうしたの？　浮かない顔だけど」

「ロッテ、どういうわけか知らないけど、ここのゴブリンたちは明らかに慣れている」

「慣れている？」

「自分より数段格上の存在と戦うことに……」

ゴブリンの動きから、そう告げるクルト。

「えと、つまりボス的な存在が別にいるかもしれないってこと？」

「たぶんだけどな。仕留めるつもりだったが、こいつら、ギリギリで致命傷を外しやがった。ゴブリン相手にこんなことは初めてだ」

気絶しているのが殆どだったが。死んでいるゴブリンは一匹もいない。

「まったく、俺の腕がなまったんじゃないと信じたいが……」

考えるべきことは色々ありそうだが……とにかく、このまま復活したら厄介なことになるのは確実。

止めを刺すために、クルトが足を進めたところで。

ゴブリンたちがやってきた方角から……大きな足音がした。

（な、何……あいつは？）

もしかしてアイツがクルトの話したボス？

早速お出ましになったけど、表情は見えない。

何かしらの骨を削って作られた仮面で隠れているからだ。

ボサボサに伸びた黒い髪。他のゴブリン同様に上半身は裸で右胸には紋様のようなものが刻まれている。

腰には魔物の皮らしきものを巻いている。

大きさは人間サイズ。ゴブリンを子分に持つというと、ホブゴブリン？

（だけど……どこか違うような）

「ヨ、ヨクモ、子分タチヲ……」

「「っ！」」

目を見開く私たち。声に含まれているのは怒りの感情。

いや、それになにより言葉が喋れるということは。

（まさか、ゴブリン……キング？）

「グ、モット、早クキテイレバ……スマナイ」

倒したゴブリンたちの元に駆け寄り、気絶しているゴブリンの手をギュッと握る。

その声に宿るのは慈愛の声。立ち上がり仮面越しにキッと私たちを睨みつけた。

「ユ……ユルサン、ユルサンゾ！」

「な、なんだろうこの空気」

「どうして、仕掛けられた俺たちの方が悪者の空気になってんだ？」

視点が変われば善悪が切り替わるなんてのはよくある話だけども、攻撃を仕掛けられた側としては解せない気持ちになる。

「子分ヲ倒シタ、オ前ダナ……？」

　クルトを睨みつけるボスゴブリン。

「だったら、なんだ？」

「……ツブス！　絶対ニ」

　片言ながらクルトの言葉にしっかりと言葉で返す魔物。

　ゴブリンを統率し、かつ会話も可能なゴブリンとなると、ゴブリンキングしかいない。

　だけど違和感がある。変な骨の仮面を被っているし、ゴブリンキングは体長が二メートルを超えて、横幅も広いが、目の前の個体はそれより少し小さい。

　筋肉はついているが引き締まっている、背はクルトと同じ百八十センチメートルくらい。

　あれが襲ってきたゴブリンたちのボスなのは間違いないだろうけど。

「皆は下がっていてくれ」

　ご指名を受けて、一歩前に出るクルト。

「だ、だが……」

「下がろう、もし本当にゴブリンキングなら俺たちでは戦闘の邪魔になるだけだ」

「ぐ……役に立てなくてすまない」

　素直に後ろに下がる騎士たち。本当にゴブリンキングなら、Ｂランクパーティでどうにか討伐可能な強さだ。傷を負った騎士たちでは厳しい。

「本当に……気をつけてね、クルト」

「大丈夫、ゴブリンキングなら戦った経験もあるさ」

「うん……まぁ、そうなんだけど」

クルトならソロでも戦えるだろうけど、嫌な感じが消えない。

私にはクルトのように感覚で強さを図る術はないが、相手に腑に落ちない点が多すぎる。

「ロッテは今のうちにさっきの戦いで負傷した人の手当を頼む」

「わかったわ」

クルトの元を離れる私。

後ろに下がり、傷を負った騎士たちの手当をする。

「……ム」

回復薬で治癒する私を興味深げにボスゴブリンが見るが、すぐにクルトの方に向き直る。

「「……」」

睨み合う両者。風が木の葉を舞い上げ、戦闘直前の緊迫感のある空気が漂う。

仮面のせいで相手の表情が読みにくく、クルトも少しやりづらそう。

ゆらゆらと体を揺らすボスゴブリン。腰を下げ低姿勢をとると一気に駆け出す。

「速えっ！」

あっという間に距離を詰めてクルトの懐へ。

想定以上のスピードにクルトが驚愕する。

「死ネ！」

「ち……っ！」

短剣を腰巻きの中から取り出すボスゴブリン。

クルトに猛スピードで下から切りかかるが、間一髪でクルトが剣で止める。

キィンと激しい金属音が森の中に鳴り響く。

（ゴブリンが金属武器を使用？　一体どこから？　島に漂流していたものか？）

「おいおい」

「な、なんだよ、あのゴブリンは……は、速すぎる」

「ゴ、ゴブリンキングってもっと、大こん棒を振り回したりとか、力任せな魔物じゃなかったのか？」

クルトの長剣に対しボスゴブリンは短剣を使用。障害物の多い森の中だと、間合いは短くても、手数も多く取り回しのいい短剣が有利となることもある。

ボスゴブリンの姿が消え、クルトの足元から舞い上がる土煙。

「こざかしい真似をっ！」

木の上に跳躍していたボスゴブリンが、幹から飛び降りクルトへ急襲する。

パラパラと舞い落ちる枝葉がクルトの視界を奪う。

それを転がるようにギリギリで回避するクルト。

「ぐ……あっぶね！」

「ヨク、避ケタ」

「ゴブリンキングってこんなトリッキーな動きしないはずだろ！　どうなってんだ……本当にっ」

追撃するボスゴブリン。再び始まる激しい打ち合い。

「動物的な乱暴な動き、一見無駄な動きが多く我流のように見える……が、短剣を振るう軌道には確かな理がある……？」

それでも、冷静にしっかりと相手を観察するクルト。

まさかここまで相手が戦えるとは……。再び距離をとって睨み合いへ。ゴブリンとの対峙というよりも、一流戦士同士の間合いの図り合いに見える。

「ヤハリ、オ前強イ……見セル」

「？？？」

「トッテオキ、クラエ」

走り出す両者、また同じ攻防が始まるかと思いきや。

疾走中、ボスゴブリンの握った短剣が輝きだす。

（あれは……ま、魔力？）

ゴブリンが魔力を使った？　種族的に魔法を使えるほどの魔力なんてないはずなのに？

クルトの剣とボスゴブリンの短剣が激しく衝突し……。

「……嘘だろ」

唖然とするクルト。クルクルと回転しながら飛んでいくクルトの剣の半身。

剣が折れた……見事に、真っ二つに。

「あ、甘く見たつもりはないんだが……な」

クルトが顔を顰めながら呟く。

「込められた力は互角だった、剣撃の速度も負けていない、衝突した部位が脆かったわけでもない。なのに、短剣で真正面から鋼の剣をたたき折られた」

折れた剣の破片を見るクルト。

「オレノ勝チ……ダナ、諦メロ」

「誰が諦めるかよ、はぁ……仕方ない」

「……ム？」

「俺も、使うか……」

クルトが自身の腕輪を一瞥する。

雰囲気からはったりじゃないと判断したのか、警戒するボスゴブリン。

（クルトは……魔剣を使う気だ）

ここまで押されているが、私は魔剣を使ったクルトが戦闘で負けるとは思っていない。

だけどなんだろう。先ほどから気にかかる嫌な感じは……。

傍でただ見ていてはいけないような、漠然とした形にできない不安感がある。

（どうする？　いいの、このままで？）

最後まで殆ど何もわからないまま決着をつけて。

間違えた判断かもしれない。私らしくない本能的な決断かもしれない。

「……クルト！」

でも……ここは、二人の戦いを見て私は止める決断する。

「久しぶりに、ちょっとわくわくしているな俺」

「あ、あれ、クルト……聞いてる？」

決心して話しかけたが、完全に戦闘集中モードに入っているクルト。

「ナニカ……アルナ？」

「やられっぱなしは癪だしな。悪く思うなよ」

「オモシロイ、期待シテイルゾ」

「……ふん」

「クルト、クルトってば！　お〜い」

反応がない。完全に二人の世界に入っている。

(まったく………あの、お馬鹿)

仕方ない……荷袋をごそごそする私。雰囲気出しているところ悪いけれど。

「よし……あったあった」

取り出したのは青色の球体。

「薬師さん？」

「皆さん、ちょっと耳を塞いでくださいね…………ほいっと！」

走り出すクルトとボスゴブリン。割り込むように放り投げた玉が地面に落ちると同時に。

「ぐっ！」

「ウ！」

ドオオオン！　と強烈な音が森に轟く。

話を聞かないので音爆弾を放り投げて強引に戦闘を中断する。

鼓膜を破るほどの音ではなく、ちょっと注意を引いたり自分の居場所を知らせたりする用途に使用するものだ。

「ろ、ロッテ？」

「戦イ、邪魔スルナ！　雌！」

め、雌って……興奮状態の魔物に叱られる私。クルトも当然困惑している。

「いきなりで悪いけど、戦いを中断してひいてもらえないかな？　ゴブリン（？）さん」

「ナ、ナニ？」

「わかんない？　ここらで痛み分けにしないかってことよ？」

「フ、フザケルナ！　デキルカ！」

激怒し、私を睨みつけてくるボスゴブリン。

「オ前タチ……大事ナ子分、傷ツケタ！」

「だったらゴブリンたちの手当を私がしてもいいわ、条件付きだけどね」

「ナ、ナンダト！」

「ろ、ロッテ？　何考えて……」

　この提案にはさすがにクルトも驚いたようだ。

「……うまく島に関連する情報なんかを引き出せればと思ってね」

　魔物とはいえ、言葉を喋れる住民との遭遇という貴重な機会。

　それと性格的にもボスゴブリンは交渉に足る相手だと私は判断した。

　本来のゴブリンキングは部下のゴブリンを道具として扱う。

　粗雑に自身の盾として子分を使うような魔物だ。

　配下が傷ついて怒りはすれど、慈しむ雰囲気など出さない。

　だが目の前のボスゴブリンは違う。対話に持ち込めるかもしれない。

「考えとしてはわかるけど」

　戦いを止められたクルトは少し納得いかない顔。

「あと、これは私らしくない理由なんだけど」

「他にもあるのか？」

「頭に何か引っ掛かっているというか、殺してしまうと、取返しのつかないことになる気がしたのよ。全てが手遅れになるレベルで」

「……珍しいな、ロッテが直観的な理由で判断するの」

「ごめんね、勝手に動いて……」

　仕方ないと言ってクルトは頷く。

「で、どうする？」

「……ム？」

「さっき私が治療していたのを見ていたでしょう。今ならまだ全員助けられると思うわよ。これはサービス、子分のゴブリンたちに掛けてみて……」

ポンと作成したポーションを一本放り投げる。

人用に作られたポーションは、魔物だと種類によって効果に差異があるが、ゴブリンの身体構造は人間と近く、ポーションも十分な効能があるはずだ。

ぱしっと瓶を受け取り、中身を観察するボスゴブリン。

「どうしたの？」

「中身、毒カモ……シレナイ」

「放っておけば死にそうなゴブリン相手に、わざわざ毒を手渡す理由があるの？」

「………タ、確カニ」

頭がいいなこのゴブリン（？）。こちらの言いたいことを即座に理解する。

子分ゴブリンの一人にポーションをかけるとみるみる傷が癒えていく。

「ウ、ウウ……」

「ナ、ナオッタ……」

喜ぶボスゴブリン。

「さて、もう一度質問するわ……どうする？　できたら頷いて欲しいんだけど」

「ナン、ダ……？」

「ん？」

「サッキ言ッタ、条件……ナンダ？」

「難しいことじゃないわ」

あげた回復薬のおかげか、話を聞いてくれるボスゴブリン。

「回復薬と引き換えに敵対行動の停止、それと少し話がしたいだけ」

「……ア、悪魔メ！」

「そ、そこまでではないと思うんだけど」

正直、かなり破格な条件だと思うけれど。でも命を人質に取っているのは印象悪いか。

「ダガ……ヤムヲ、エマイ」

最終的にボスゴブリンが頷いた。


「ギギッ！」「ググッ！」

（うん……これで大丈夫かな）

ゴブリン軍団と一時休戦。作成した回復薬により元気になり飛び跳ねるゴブリンたち。

「ヨカッタ！　……オ前タチ」

そんな様子を見てホッとするボスゴブリン。

「じゃあ、いくつか質問させてもらってもいい？」

「オマエ、子分治シタ、俺約束守ル」

　万が一、ボスゴブリンが不意撃ちを仕掛けてきてもいいように傍ではクルトが待機しているが、子分たちもボスの決定に従い大人しい。

「ありがと、どうしても答えたくない部分は答えなくてもいいから」

「ワカッタ」

　何から聞こうか。

　この島の環境や目的であるユニコーンのことなど色々あるが。

　まずは、一番答えるのに抵抗のなさそうな彼ら自身に関することから。

「ええと、どうして私たちを襲ってきたの？」

「ココ、俺タチノ縄張リ近イ、危険ヲ察知シタ」

　なるほど、わかりやすい理由。

「敵、発見……始末、決行」
　カ、カタゴトだと淡々としていて怖さが増すわね。
　前回、私たちが湖に来た時の痕跡をゴブリンたちが見つけ、警戒した彼らはこの付近まで見回りをしていたそうだ。そして今日の戦闘に至ると。

「貴方たち以外にも島には魔物がいる？」

「イル……子分ト一緒ニ俺、戦ウ……」

　個体として見ればゴブリンは弱いが、武器を持ち、群れて互いに協力することで強い魔物とも戦える。

まぁ、この島のゴブリンは個体でもちょっと異常な強さだけど。

目の前のボスゴブリンは特に。

「彼らを強く鍛えたのは、ボスの貴方でいいの……？」

「ソウダ」

「貫通力の高い木矢と毒矢の作成、森における気配の消し方や、強敵との立ち回り方、あの鬱陶しい戦闘陣形の考案も全部？」

「当然、ダ」

「い、いや……」

「本当に何者だよ、このゴブリン」

頭を押さえて突っ込む隣のクルトさん。改めて彼に強い興味が湧く私たち。

「他にはどんな魔物が住んでいるの？」

「色々ダ、大キイノ、小サイノ……中クライノ」

「ざ、雑なくくりだなぁ」

「も、もう少し細かく教えていただけると」

「構ワナイガ、俺、島ノ全テ、知ッテイルワケデハナイゾ……」

ボスゴブリンが淡々と回答する。

「まぁ、そりゃそうだろうけど」

「俺……島イタ、十年マエカラ」

「ん？」

ちょっと変な言い回しね。カタコトだからそう感じるのかな。

「えぇと、生まれたのが十年前ってことでいいのよね？」

「違ウ、イタ……生マレタ違ウ」

「？？？」

「昔ノ記憶……無イ……オレ」

基本、魔物は二つの方法で数を増やす。ダンジョンなどの魔力の密集した場所から生まれることもあれば、繁殖行為をして子供を育むこともある。

前者だと、最初からある程度成長した姿で生まれることもあるが……。

「傷、血ダラケ……死ニソウダッタ」

「……え？　そんなことあるの？」

最初から満身創痍なんて、私の知らないケースだ。

魔物も個体によって大きさにばらつきはあるし、色違いや体格の違う変異体はいる。

人間だって先天性の病気持ちで生まれてくることはあるが、彼の場合は外傷を負っていたという話だ。

「そんな状態でよく今まで島で生きられたわね。子分のゴブリンたちが助けてくれたの？」

「違ウ、最初、孤独ダッタ」

「だったら、どうやって？」

興味が湧いた私は尋ねる。

矢に塗る毒は作れてもポーションを作る技術はないボスゴブリン。

回復薬を作る技術があったら、もっと面倒な戦いになっていたろう。

「救ワレタ、白キ獣ニヨッテ……傷、消エタ」

「き、傷を治す、白き獣だと？」

「それ……も、もしかして」

顔を見合わせる私とクルト。脳裏に浮かぶのはこの島に来た目的の生物。

「「ユニコーン？」」

クルトと声が重なる。

「ナンダ、ソレハ……食べ物カ？」

「違うわよ、え、えぇと……白い毛に覆われた獣で、四本足で頭に角が生えて綺麗な身体をしているはずなんだけど」

「ム、多分……合ッテル」

「「おおっ！」」

（やっぱりこの島にいるのね！　……ユニコーン）

ようやく有力な情報を得ることができた。角が一級品の薬の素材になるユニコーン。

そしてユニコーンは祝福で他者に力を譲渡できるとされる。

ボスゴブリンの胸には祝福を受けると浮かぶとされる紋様があり、話はかなり信頼性が高い。

「それで、ユニコーンはどこにいるんだ？」

「……」

思いがけず見つけた手がかり。

興奮気味に尋ねるクルトに対し、ボスゴブリンは考える素振り。

「……オマエタチ、白キ獣、ドウスルツモリダ？」

警戒するように私たちを睨む。

「場所、教エル……断ル」

「ど、どうして？」

「オ前タチ、何カ隠シテイソウダ」

「隠しているというか、ただの興味本位だけじゃなく、会いたい理由はある……けど、絶対にユニコーンに傷をつけたり、乱暴な真似はしないわ」

「………」

私たちの目的はあくまで保護と観察だ。乱暴な捕獲などではない。

「もし不満だったら、そっちも情報分の追加交換条件を出していいわよ」

「ヤダ、オレ恩獣……絶対、売ラナイ」

はっきりと拒否されてしまう。

「オマエ、答エタク無ケレバ、イイトイッタ」

「こ、困ったわね」

「ソレニ……最近、オカシイ……」

「ん？」

何やら語り始めるボスゴブリン。

「白キ獣……様子、変……調子凄ク悪ソウ刺激、駄目ダ」

「も、もしかして、病気とか？」

「ワカラ、ナイ……元気、ナイ」

事実だとしたら、放っておく訳にもいかない。

来た目的が達成できずに困ったことになるかもしれない。

まさかの話に焦る私たち。ボスゴブリンから断片的に伝わる内容だけでは要領を得ない部分が多く。

「お願い……私たちにユニコーンの住む場所を教えてくれないかしら？」

「シツコイゾ、オ前」

「絶対に約束は守るわ！　私たちがここに来た目的はユニコーンの保護よ、絶対に助けたいの！」

「…………ドウイウコト、ダ？」

戸惑うボスゴブリン。正直にここに来た理由を伝える。

私たちが島の外から来た存在であること。

ユニコーンが世界で絶滅種とされていること。

この島で見つけたユニコーンを必ず助けたいこと。

「協力するメリットはお互いにあるはず」

まぁさっきまで戦った相手だし、信用できないのは当然なんだけど。

「ここにいるロッテは薬師だ」

「クス、シ？」

「傷や病気を治すエキスパートだ。さっき子分たちを助けた薬を作っていたのを見ていただろう。ユニコーンだって助けることもできる……かもしれない」

「……」

クルトが私を援護し、一緒にボスゴブリンを説得してくれる。

考える素振りを見せるボスゴブリン。

「雌……オ前ガ群レ、ボスカ？」

「え？　ち、違うけど……」

「マズ、群レボス……会ワセロ、話スル、連レテイケ」

「………」

え？　騎士団長《ナイゼルさん》に会うってこと？

「雌、約束シテモ……ボス、ワカラナイ」

仮に私のことが信用できても、上に立つ人間次第ではすべての話がおじゃんになる。

しっかりと、人となりを見て決めるということか。

「ま、参ったわね……ど、どうしますか？」

「え？」

「あ、あぁ」

さすがにこれ以上は一人で決めるわけにもいかない。騎士団の人たちとも相談をする。

素直に飛空挺まで連れて行っていいのか。

「いや、だが……しかし、うぅむ」

「このゴブリンキング（？）の凄まじい戦いぶりを見ただろう」

「下手すれば魔物を近づけて危機を招くことになる」

判断に悩む私たちだったが……。

「絶対……暴レナイ、俺」

「そ、そうは言われてもな」

ボスゴブリンの言葉に悩む騎士たち。

「俺、オ前タチ信用……ナラ、オ前タチモ、俺ヲ信用当然……チガウカ？」

『…………』

カタコトだけど、ボスゴブリンの話す内容は確かに筋が通っている。

じゃなければ話は終わりといった様子。皆で相談し賛否両論あったが、最終的にボスゴブリンを飛空挺まで連れていくことになったのだった。

飛空挺への帰路を歩く。前方には先行する騎士たち。

その後ろにボスゴブリン、その後ろに私とクルト。

子分のゴブリンは彼が一人で行動することに不安を感じていたが、ボスゴブリンが説得したようだ。

「……」

土を踏む足音だけが静かに響く。

前方のボスゴブリンの背中を見ながらの移動。しばし無言の時間が続いていたが。

「ねぇ、ちょっと聞いてもいい？」

「ナンダ？」

「どうして、貴方はそんな骨の仮面を被っているの？」

適当な雑談の気持ちでボスゴブリンに話し掛けてみる。

遭遇した時から気になっていた骨仮面。そのせいで正体がわからない。

「よかったら、仮面をとって欲しいんだけど」

「……嫌ダ」

「うぅん、素顔にかなり興味あるんだけどなぁ」

「嫌ダ、見セクタクナイ」

頑なに拒否されてしまった。

「俺、醜イ……カラ」

「え？」

「子分タチト、俺、見タ目全然、違ウ……身体モ、アンナニ大キクナイ」

い、意外にナイーブなところがあったのね。悪いことを聞いた気がする。

ボスゴブリンの声は小さく本心で思っているようだ。

「そう……ごめん、今の質問は忘れて」

無神経なことを聞いたので一応謝っておく。

『……』

再び無言の時間が戻る。さっきまで殺し合いをした相手だ。

仲の良好な関係でもないし、無理して会話する必要もなかったのだが……。

「オ前……俺ヲ、怒ッテイルカ？」

「……はい？」

ボスゴブリンから予想もしていなかった言葉。

「どうして？　そんなことを聞くの？」

「ケッキョク俺、殆ド答エテナイ……お前ノ知リタイコト、聞キタイコト」

「ああ……」

そういえば、そうね。

「罪悪感でも感じているの？　魔物なのに随分人間臭い考え方をするのね。貴方は……」

「何ヲ言ッテイル？」

立ち止まり、ゆっくりと振り返るボスゴブリン。

「案外押しに弱いタイプだったかな。しつこく何度も聞けば教えてくれたのかな？」

「オレ……侮辱シテイルカ？」

「もう、冗談よ」

睨み付けてくる視線を軽く流す私。

「約束、守ッテイナイ、俺、我ガ儘カ？」

「はぁ……馬鹿ね」

「バ、馬鹿、ダト？」

不愉快そうに私を睨むボスゴブリン。

「貴方のそれは我が儘じゃなくて、ただ仲間を大切にしてるだけでしょ」

「……ク、クク……」

ん？　今仮面の奥で笑った？　私なんかおかしなこと言ったかな？

「オ前、ヘンナ奴ダ……トテモ」

「ま、魔物に変と言われるとは……というか、私よりそっちの方がよっぽど変でしょ！」

大きくため息を吐く私だった。


飛空挺に戻った私たち。

「お、帰ったか……今日はどう、だ……へ？」

「お疲れさ……ま、魔物おおおっ！」

外に採取活動に出かけたら、野菜と果物に魔物《ゴブリンキング》がおまけでついてきた。

そりゃ騎士たちも驚くよね。肩に抱えた飛空艇修復用の木材を地面に落としたり、呆然と口を半開きにしたり、慌てて武器を構える者も……。

目の前の魔物が現時点で敵ではないことを頑張って説明する。

ユニコーンに会うために彼の協力が必要な理由を伝え、騎士団長のナイゼルさんをここに呼んできてもらう。

魔物を飛空艇の中に入れるのはまずいので、外のテントで話の席を設けた。

ナイゼルさんが来てから、私とクルト、ボスゴブリンで話が始まった。

「と……いうわけです」

「な、なるほど……事情はわかった。いや、理解したつもりになっているだけかもしれんが」

でも、なんだかんだでナイゼルさんは対応力が高いから本当に助かる。

「オ前ガ……ボスカ」

「あ、ああ、本当に喋るんだな」

興味深くボスゴブリンを見つめるナイゼルさん。

「お初にお目にかかる、ゴブリンの主よ……ユニコーンの居場所を知っているとか？」

「アア……」

「我々の目的はそこのロッテ君が話した通りだ。ユニコーンの絶滅は我々も望むところではない。君に情報を提供してもらえれば心強い」

目を閉じるボスゴブリン。

「白キ獣、外デ絶滅シタ……オ前タチガ乱獲シタセイ、キイタ」

「……その通りだ」

「身勝手……思ワナイカ？」

「ああ。だからこそ、同じ過ちは踏まないようにせねばならないのだ」

両者の視線が交錯する。

「ど、どうだろうか？」

「ソノ前ニ、聞く……オ前タチ、ドレダケ知ッテイル？　白キ獣ノコト」

ボスゴブリンの質問。

「そうね。えぇと、文献で見た範囲だけど、警戒心が高く、近づく相手を選ぶ生物でだって」

「ソウ……誰デモ近ヅケルワケデハナイ……バショ案内、無意味カモシレン」

警戒心の強いユニコーン。ゆえに私たちは清らかな乙女たちをわざわざ連れてきた。

その性格や中身は別にして……見た目だけは。

記録では、乙女たちがいなければユニコーンは他の人を近寄らせてもくれない。

まぁ人間も第一印象を決めるのは外見だしね。かなり不安はあるんだけど。

「誰ガ行ク……オ前カ？」

「え？」

私を見るボスゴブリン。

「いや、私は……さすがに無理じゃないかな」

「ソウカ？」

「うん、別の女の人が一緒に行くことになるわ、勿論診察しないといけないし、近くに行かないと意味がないから同行はするけれど」

「………」

ボスゴブリンが黙る。今彼は何を考えているのだろうか。

とにかく、すべきことの道筋が少しずつ見えてきた。

これからボスゴブリンとうまく話を纏めて、ユニコーンの生息する場所を聞く。

貴族子女たちとボスゴブリンが協力してくれれば、ユニコーンの警戒も緩んで他の人も近づける。

うん、少しずつだが確実に前に進んで……。

『きゃあああああっ！』

「………」

しかし、そんな思考を引き裂くように女性の大きな悲鳴。

次いで大きな炸裂音。

「な、なんだ今の悲鳴は？」

「飛空艇の方から聞こえてきましたが」

嫌な予感を胸に抱き、テントを大急ぎで出る私たち。

飛空挺の中へ入り、廊下を走って声の聞こえた一室へと駆けつけると。

「なっ……」

「い、一体何が起きっ！」

「……ギ、ィ」

中から充満する血の匂い、私たちが見たのは肌に火傷を負い、腕にナイフの刺さった重症のゴブリン。倒れたゴブリンの近くには貴族令嬢たちと複数の騎士。

ゴブリンは騎士に囲まれ、剣で突き刺され、止めを刺される直前の状況。

「ナ、ナイゼル騎士団長！」

「ど、どういうことだこれは？」

事態が呑み込めず呆然とする私たち。騎士たちが駆けつけた私たちを見る。

「ちょっと、何をボサッとしているのっ！」

「魔物よ、魔物がいるのよ……」

「き、汚らしいっ！」

貴族令嬢たちが興奮しながら叫ぶ。

「オ、オ前ッ……ドウシテ？」

割り込むように、ボスゴブリンが慌てて子分ゴブリンに駆け寄る。

「ギ、ギギィ」

「……心パイ、俺ヲ？」

「………ギィ」

単独で行動したボスゴブリンが心配になり、探しにここまできたらしい。

テントでなくボスゴブリンのいない飛空艇に入り込み、結果令嬢たちと遭遇。

巡回していた騎士たちが部屋に駆けつけ戦闘になり今の状況に至る……と。

見ればついさっき湖で見たゴブリンだ。せっかく回復したのに、もう少し命を大事にして欲しいが、それだけボスゴブリンが心配だったのだろう。

船の中の騎士にはゴブリンの件はうまく情報伝達されていなかったようだ。

湖では苦戦したゴブリンも一匹で囲まれてはどうしようもなかった。

「早く、早くそいつらを殺して頂戴！」

「……ア？」

女の声に反応して、ギロリと貴族令嬢を睨むボスゴブリン。

その腕は小刻みに震え、激しい怒りが伝わってくる。

（なんで……この最悪のタイミングで事が起きるのよ！）

頭が痛くなる私。とにかく、急ぎ死にそうなゴブリンの治療をしないと！

荷袋から回復薬を取り出し、近づくが。

「ち、ちょっとっ！　何をしてるのよ！　貴方っ！」

「魔物を治療するとか……正気っ！」

阻止するように貴族令嬢たちの声がかかる。

（あぁもう……本当に邪魔だ）

「正気です。彼らは私たちの協力者になるかもしれませんし」

「は、はい？」

「な、なんですって？」

彼らが島のユニコーンに関する情報を握っていること。

できるだけわかりやすく、状況説明を令嬢たちにしていく……しかし。

「ご理解いただけましたか？」

「………」

「そういうわけですので、そこを離れてもらえますか？」

眉を顰めるだけで、彼女たちは一歩も動こうともしない。

「気に、入らないわ」

「……は？」

歯軋りをし、何故かギロリと私を睨む貴族令嬢。

「一冒険者の分際で、生意気にも貴族である私たちに指図して」

「べ、別に……私はそんなつもりは」

軽んじているつもりもない。

「とにかく、このままだと、そこのゴブリンが死んでしまいます！」

「だから、なに？　ゴブリンなんて死んだっていいでしょ！」

「……はい？」

意味がわからない。言葉としては理解できるが頭に入ってこない。

眼前の令嬢が吐き捨てるような目でゴブリンを見る。

「なによその目、何か言いたいことでもあるの？　相手は醜い魔物なのよ」

「……だから、なんですか？」

「理解できない？　ふふ……お馬鹿さんね。だったら拷問でもして聞き出せばいいじゃないってことよ、魔物相手にわざわざ会話なんてする必要はないでしょ」

「………」

ゆらり、とボスゴブリンの身体が揺れる。

クルトがその様子を見て、無言で警戒姿勢に入る。

非常にまずい流れ、ボスゴブリンは律儀にもここで暴れないと約束してくれた。

よく今の状況で怒りを抑えてくれていると思う。

だが、もしこれ以上子分ゴブリンに不必要に危害を加えるような真似をすれば。

「そうよ、そうよ！」

「相手は人間じゃないんだから」

「要するに、ユニコーンの居場所が聞ければいいんでしょ！」

（こんの……馬鹿女どもめ）

今、自分たちがどんな状況なのか彼女たちは理解していない。

眼前の存在はただのゴブリンじゃないのに。

「あ、でも拷問するなら向こうでやってね。これ以上、私たちのいる場所を血で汚さないで欲しいわ」

そう言い、わざとらしく扇子を口元に当てひらひらと動かす。

「どうしたの？　返事をしなさい」

「…………」

「黙って、不服そうね……そうだ、だったら良いことを思いついたわ！」

名案を閃いたと、ポンと手を叩く令嬢。

「貴方……凄い薬師なんでしょう？　なら情報を引き出す自白剤の一つぐらい作れるんじゃなくて？」

事実、手段を選ばなければそういう手もある。

だが、人格を破壊するようなやり方は薬師としての私の倫理の線引きを越える。

相手がその線を越えない限り、私から越えるつもりはない。

「ギ、グフッ！」

「きゃあああ！」

苦しみ咳き込む子分ゴブリン。口から出た血液が周囲に飛散する。

「ひっ、血がドレスについた……臭い、臭いわっ！　この死に損ないっ！　なんてことするのよおっ！」

「グッ！」

貴族令嬢がその足で、弱ったゴブリンの腹部を蹴り飛ばした。

「……殺、ス」

我慢の限界を迎えたボスゴブリンが動き出す。

だが……それよりも一瞬だけ早く。

「い……いい加減しなさいよっ！」

「……は」

パァンと、乾いた音が廊下に響く。私の手が彼女の頬を叩いていた。

「な……あ、え？」

何が起きたのか認識できていない貴族令嬢。

ボスゴブリンも唖然としており一瞬場が静まりかえる。

我に返った貴族令嬢は、その目に憤怒を浮かべる。

「い、痛い、痛いわあああっ！　こ、のっ！」

「……っ！」

やり返そうと、私の頬を叩く貴族令嬢。

止めに入ろうとするクルトだったが、目線で制止する。

避けることはしない。理由はどうあれ先に叩いたのは私だから。

頬に衝撃が走り、じんわりと頬が温かみを持つ。

「……あ」

眼鏡が地面に落下し……レンズが完全に割れてしまった。

衝動的な感情で動き暴力に走った罰か。

行動に支障が出るほど目が悪いわけじゃないし、掛けているのは作業補助の意味合いが強い。

一応眼鏡のスペアもあるにはあるが……。

今更だけど、深呼吸して気持ちを落ち着ける。

「ほら」

「……ア？」

回復薬を呆然としているボスゴブリンに手渡す。冷静になり、すべきことをする。

「早く使ってあげて」

「……ア、アア！」

「な、なによ……本当になんなのよ！　こっちを見なさいよ！」

髪を振り乱して、ヒステリックに私に叫ぶ貴族令嬢。

「し、信じれないっ！　信じられないわっ！」

唾が飛んできて顔にかかる。そこに貴族の品などは感じない。

「私より、私よりゴブリンを選ぶというのっ！　なんという屈辱っ！　そんな人間、聞いたことがないわ！」

「……う」

それは、私だって聞いたことがない。やらかしている自覚は大分ある。

だけど、ここで無理矢理止めきゃボスゴブリンが暴れた。

手が出たのは、私としても我慢できないほど不愉快だったということだ。

黙って見過ごせないぐらいには……。

「ぜ、絶対にっ、絶対に許さないわ！」

思いっきりローブの襟首を掴まれる私。

「王国有数の貴族、アスター伯爵家の長女であるこのアメーリアに手をあげたこと、一生をかけて後悔させてやるわっ！　元Aランク冒険者パーティだろうが関係ない！　絶対に潰してやるっ！」

「そう……どうやって？」

「ふふ……そうねえ。牢屋の中に一生閉じ込めて、男たちの慰みものにするのもいいわね。喜びなさい、貴方みたいな地味女が好きな男って案外いるのよ」

「そうですか」

「ふん、無理して澄ました顔して……今更謝っても遅いわよ」

嗜虐的な笑みを見せる伯爵令嬢様。

この人、本当に清らかな乙女なんだろうか？　ちょっと疑問が出てきた。

「で……もう一度聞きますが、どうやって？」

「ど、どう？」

質問の意図を理解していない彼女にもう一度問いかける。

「少し質問の仕方を変えます。どうやってその状況まで持っていくのですか？　貴族の地位と人脈、もしくは金貨を大量に積んで私を排除しますか？」

挑発するように不敵な笑みを浮かべる。

王国で奴隷制度はその残虐性から過去に廃止されたが、一冒険者をどうにかする程度の権力を貴族たちは持っている。だけど……それには条件がつく。

「そんな考えをしているなら、現状を理解していないのは貴方たちです。ここがどこかわかっていますか？　魔の海によって隔離された孤島、無事に戻れるかもわからない閉鎖された世界。そんな場所で地位や権力にどれだけの価値があると思います？」

「な、あ……」

脅しの効果も一切なく、一歩も引かない私に困惑する令嬢。

冒険で、彼女たちの何万倍も恐ろしい魔物と対峙したことだってある。死にかけたことだってある。

それに比べれば、今の彼女のハリボテの脅しなんて怖くない。

「貴族には貴族の戦場があると思うし、私たちとは求められる役割も価値観も違う。冒険者の知識を得ていきなり役に立てなんて無茶だし、同じように外で作業して泥に塗れろとは言えません」

ユニコーンと接触するために連れてこられた彼女たち。

だけど今、自分の仕事すらこなしていない。子供のように我儘を周囲に喚き散らすだけ。

「脅すつもりはないです。だけど、貴方たちはわかっていますか？　皆の心に、生活に……余裕があるうちはまだいい。でもこの先状況が悪化したら」

「な、何よ……なんだって言うのよ！」

「見捨てられる覚悟……できてますか？」

「「「……ひっ！」」」

ようやく、私の言いたいことを少し理解したようだ。

もし飛空艇が動かなかったら？

もし王国から迎えが来なかったら？

もし一生島から出られないようなことになったら？

食べ物も取れず、病気で一人、二人と倒れていったら？

それは決してあり得ない未来ではないわけで。

一体何事かと、騒ぎを聞きつけ他の騎士たちも集まってくる。

「これは……どういうことだい？」

「ク……クリムト様！」

彼女たちの抑え役（？）でもあるクリムト副騎士団長もそこにいた。

助けを求めるように令嬢は駆け寄るが、事情を聞いた彼は……。

「一度……頭を冷やそうか」

「く、クリムト様っ？」

「副騎士団長、彼女たちを頼む。さすがにこれ以上は看過できない」

「はい」

ナイゼルさんがクリムト副騎士団長に別の場所に連れていくように促す。

「で、ですが……あの女っ！　私たちをっ！」

「いいから戻るんだ。君たちにも言い分はあるだろうが、行動決定権があるのはナイゼル騎士団長だ……君たちじゃあない」

貴族としての立ち位置的にも一番上の彼だ。

はっきりと言われてはこれ以上続けられず、ギロリと私を睨んで引き下がっていった。

これはもう……関係修復なんて絶対不可能だろう。

後々絶対に面倒になるだろうなあ。今後の計画にも支障が大きく出そうだし。

「…………はぁ」

盛大にやらかした現実から逃げるように、ため息をつく私だった。

貴族令嬢たちと子分ゴブリン絡みで騒動が起きたあと。

再びボスゴブリン、ナイゼルさん、クルトと一緒にテントに戻る。

「さてロッテ……何か言うことは？」

「……や、やってしまいました」

ジッと私の顔を見るクルト。

やってしまいましたね……もう派手に彼女たちを怒らせたと思う。

特に叩いてしまったあのアメーリアっていう伯爵令嬢のことは。

「まぁ、ロッテが怒った理由はわかるんだけどな……」

ボスゴブリンを一瞥するクルト。もし子分ゴブリンを殺され彼が暴れていたら、とてつもない被害が出た。何せクルト以外では殆ど太刀打ちできないのだから。

なお、騒動の元である飛空艇に侵入した子分ゴブリンは、現在ボスゴブリンの傍で大人しくしている。

「島を出たあと、かなり面倒な事態になるかもな」

「そうね……でも、それは後のこと。今最優先で考えるべきことじゃないと思ったのよ」

言い訳みたいになってしまうけど。

「それはわかるけど……やり方が雑だ」

「あいたっ！」

クルトが私の額に強めのデコピンをする。思わず頭を押さえる私。

「お、怒ってる……よね？」

「当たり前だろ」

眉間に皺を寄せるクルト。

「俺たちは仲間なんだ。ロッテ一人が恨みを集中して買うようなやり方はやめてくれ」

「う……はい」

その点については反省だ。緊急時で他にいい手が思いつかなかったとはいえ。

手を上げたのは短絡的だったたと思う。

「ほ……本当にごめん！」

「依頼が終わったら、仲良く国外逃亡でもしようか？」

何度も頭を下げる私。口調は冗談っぽいけど割と本気で考えている気がする。

「こ、国外逃亡の相談を、騎士団の前でしないで欲しいんだが……」

「「……あ」」

ナイゼルさんが私たちを困ったように見ていた。

「あ、あはは……嫌ですね、勿論冗談ですよ」

「そういうことにしてくれ……少なくともこの場ではな」

立場上、聞き逃せない会話だよね。ただ本当にこれからどうしたものかな。

先程の騒ぎで中断されてしまった、ボスゴブリンとの話の続きへ。

暴行事件が起きたわけだし、答えはわかっているが一応ボスゴブリンに聞いてみる。

「そ、そんなわけでユニコーンの居場所についてお聞きできればと、お……思うのですが」

「……断ル」

「ですよね」

そりゃそうだろうね。私が逆の立場でも絶対に断る。

（はぁ……参ったなぁ）

大きく零れるため息。

「ダガ、オ前……俺タチ助ケタ、二度モ」

「……ん？」

「感謝……シテイル」

「それは貴方が暴れないという約束を守ったからよ。感謝する必要はないわ」

ただの口約束だったのに、彼はギリギリまで我慢してくれた。

感情のまま暴れず、本当によく耐えてくれたと思う。

もし衝動的にボスゴブリンが暴れていたら私は助けなかっただろう。

「ソレデモ感謝……ダ、応エタイ、トモ思ウ」

「うぅん……気持ちは嬉しいけど、さっきの人たちを連れて行くことになるかもよ、大丈夫？」

「無理ダ、アイツラ大嫌イダ……白キ獣ノイル場所、連レテ行キタクナイ」

だ……だよね、それはさすがにね。

大切な子分を殺されかけて、これで頷いたらどんなお人好しって話だもん。

どうしたものかな本当に……私が色々と考えていると。

「ナイゼル騎士団長、ただいま戻りました」

「うむ……ご苦労」

クリムト副騎士団長が戻ってくる。

「彼女たちの様子は？」

「部屋で休んでいます。暫くの間は大人しくしているよう、しっかりと伝えておきましたよ」

「……そうか」

報告を聞いて嘆息するナイゼルさん。

「ふぅ……ロッテ君」

「はい」

「先ほど彼女の頬を叩いた件をなかったことにはできない……が、現時点での問題追及を私は考えていない。この島において君たちの力は何よりも必要だ。そもそも我々には君たちを拘束する余裕もないしな」

「僕も……同感ですね」

ナイゼルさんに賛同するクリムト副騎士団長。

令嬢たちにも目に余る部分はあったのは事実。その辺を利用し、クリムト副騎士団長と話を合わせて、できる限り穏便な方向に進めるといった感じらしい。

「助かります、クリムト副騎士団長」

「いや、前にも言ったが彼女たちに関しては連れてきた僕の責任もあるからね。寧ろ申し訳ないくらいだ」

手をひらひらと動かすクリムト副騎士団長。

「四六時中、彼女たちにくっついていてもらえたら嬉しいんですけどね。無理でしょうけど」

「ははは……そうしてあげたいけどね。一応僕も役職ある立場なんだよ」

冗談交じりに言うがやんわりと拒否される。

「あ、そうそう……僕もナイゼル騎士団長のように、普通に呼んでくれていいよ」

「……え？」

「だって変だろう？　騎士団長がさん付けなのに、僕だけ役職付きなのは堅苦しいし……」

ま、まぁ本人がそれでいいと言うのなら。

「じ、じゃあ、クリムトさんで」

「うん、それでいいよ」

軽いなぁ、まぁ話しやすくて助けるけど。

「丁度いい、君も一緒にそこに座って聞いてくれ」

「はい。では……失礼します」

ナイゼルさんの隣にクリムト副騎士団長が座る。

「ふむ、なるほど」

ここまで話していた内容を聞いたあと。

「それで……何を悩むことがあるのです？」

「「え？」」

「すでに解決策は出ています。難しい問題ではないでしょう」

　クリムトさんはあっけらかんと言った。

「む、難しい問題じゃないって」

「心配せずとも持ってきたドレス、アクセサリーなど、衣装類は全部無事さ」

「いや、だから衣装だけが揃っていても……」

「十分さ。後は予定変更して、それを別の適任者に着せればいいだけのことだ……この状況なら
それも仕方ないだろう」

「いや、ですから」

　彼と話がかみ合わない。その適任者がいないって言っているのに。

「いるさ……彼女たち以外にも適任者が、目の前に」

「……あ、そうか」

　ようやくピンとくる私。

「な、なるほど！　クルトを女装させるんですね！」

「馬鹿ロッテ……なんでそんな斜め上の発想が出てくる」

「ははは……まぁ、それも面白そうだね」

「おい」

　クルトがクリムトさんを睨む。

「見てみたい気はするけどね……でも不正解、適任者は君だよ」

「……はい？」

「最高級の生地をふんだんに使った華やかなドレス、名のある職人たちが作り上げた装飾品……ユニコーンと会うために、君がそれらを自由に使って、王城の舞踏会に出るぐらいの気持ちで着飾ってもらう」

な、何を言っているのだろうか？　この人は？

「はは、あははは……」

私が……ドレスを……着る？　ここ、この私が？

反射的に乾いた笑いが出てしまう。

「ふふふ、クリムトさん……面白いご冗談を」

「別に僕は冗談を言っているつもりはないんだけど」

「どうやら肝心な部分をご理解いただけていないようですね？」

「ん……なんだい？　十分理解しているつもりなんだけど」

消去法で考えて、あの令嬢たちを連れて行けないなら残る女性は私一人。

それはわかるけど、女なら誰でもいいわけじゃない。

ま、まぁ……うん、清いことは清いですよ私。冒険と薬学一筋でしたしね。声を大にして言うことではないけど、恋愛をする機会なんて殆どなかったし。でもね……。

「い、いいですか！　ユニコーンは清らかで美しい乙女を選ぶんですよ」

美しい、のところを特に強調する。

【紅蓮の牙】の時もアーノルドたちに闇ガラスだとか容姿を馬鹿にされ、女として見られていなかった。今更の評価なので怒る気も起きなかったけど。

「だから、何の問題が？」

「へ？」

「君は……十分に美しいだろう？」

こ、この人、本当に何言ってんの？　め、目が本気だ。もしかして真面目に言っているの？

ヘルプを求めてクルトの方を見る。

「く、クルト……助け」

「……ったく」

ゆっくりとクルトは椅子から立ち上がる。

そのままクリムトさんの傍に立ち、彼を鋭く睨みつけた。

「おい……アンタ」

「……なんだい？」

いいわ、その感じよクルト。ガツンと物分かりの悪い彼に言ってやりなさい！

「椅子から立って、右手を上にあげろよ」

「……ああ、これでいいかい？」

言われた通り、素直に立ち上がるクリムトさん……そして。

「しゃああああっ！」

し……しゃあ？　パァンと物凄くいい音がした。

オイ、なんでハイタッチとかしている貴様？

二人とも昨日までは仲良くなかったはずでしょ。

（え……ま、まさか、アンタ……）

「俺は待っていた……こんな機会をな！　よく言ってくれた！　……俺、アンタのことを誤解していたかもしれない」

「そうだろう、そうだろう」

や、やばい……この男、私を裏切るつもり満々だ。

握手するクルトとクリムト副騎士団長。なんでこんな時に仲良くなったりするのよ。

そんなタイミングじゃないでしょ！

「い、嫌よ！　絶対に嫌……」

提案を全力で拒否する私。じりじりと、逃げるように二人から下がる私。

「なんで無理だと結果がわかっていて、わざわざ恥をかく真似しなきゃならないのよ！」

「心配しなくても、問題ないと思うけどな」

「ロッテなら大丈夫だって……」

この二人、何を根拠にそんな台詞が吐けるのか。

「それでもし、ユニコーンを怒らせたらどうするつもりよ！」

「君はもっと自分の容姿に自信を持つべきだな」

クリムトさんが言う。

「だ、誰にでも可愛いとか言っていそうな人に言われても……こんな時に相手に醜いなんて言うわけがないでしょう」

「うわぁ、拗らせてるなぁ。クルト君も色々と大変そうだな」

「あ、わかるか？」

完全にクリムトさんの案に賛同するクルト。この状況、まずい。

あ、あとはもう、私の味方をしてくれそうなのは。

「ナ、ナイゼルさん！」

「……ふむ？」

「ナイゼルさんも、この二人に言ってください！」

現実を見ろって！

「見てください、私の地味で特徴のない顔！　三百六十度、どこから見ても美しくないでしょう！」

「事実だとして、女性に対してはっきり言えると思うか？」

「そ、そういう優しさは今はいいですから！　ほら！」

「あ、ああ」

私に急かされ、ナイゼルさんは少し困惑しながらも顔を観察する。

それはもう真っすぐに見つめられる。

「ふむ……」

「……」

「ふむ……ふむ」

二十秒間ぐらい経過。ち、ちょっと時間長くないですか？

「あ、あの……自分から言っておいてなんですが、こんな私でもちょっと照れがですね」

「いや、ロッテ君の素顔は初めて見たからな……眼鏡がないと、随分雰囲気が変わるな」

あれ？　そうでしたっけ？　さっき揉めたせいで眼鏡が割れたから、今は掛けていないんだった。

「うむ……うむ、十二分に美人だと思うぞ」

「ま、まじですか？」

「本気だ、もし俺が二十年若ければ、君を口説いていたかもな」

「「ほら！」」

これで三人目、しかも行動決定権のある騎士団長のナイゼルさんが。

く……だが、それでも。

「ま、まだ結論を出すのは早いわよ！」

勢いに押されないように全力で叫ぶ。

「なかなか諦めが悪い子だな」

「ロッテのこういうとこ、冒険の時は心強いし、凄く元気付けられるんだけどな」

「でも、今はそういうの求めてないんだよね。空気読んで欲しいね」

こ、こいつらぁ……。

「この、他人事だと思って……大体まだ、肝心のボスゴブリンが頷いていないでしょ！」

ユニコーン案内人の彼が不可なら、皆が馬鹿なことを言っていても何の問題もない。

「イイダロウ、雌ナラ……認メル」

「………ぐ」

しかし、迷いなく頷くボスゴブリン。なんかちょっと好感度が上がっている。

「そもそも薬師のロッテ君が病気（?）のユニコーンに近づくのは必須だと思うが」

「遠くからでは正確な症状の判断が難しいですしね」

「やっぱロッテが着飾るのは任務上、必然の行為だな」

ど正論。どうやら詰んだようです。

「ここで大きな功績をあげれば、俺たちは国外逃亡なんてしなくて済むんだろうなぁ」

「く……」

痛いところを突いてくるクルト。

「わかった、わかったわよ！　やってやるわよもう！　……どうなっても責任とらないからね！」

若干ヤケになりながら叫ぶ私だった。

ボスゴブリンにユニコーンのおおよその居場所を尋ねると、島の反対側との答えだった。

すでに日も暮れてかけており、明朝出発することになった。

で、今夜のうちに私は色々と準備をせねばならないわけで……。

「そ、そんなに強く手を握らなくても逃げないわよ」

「本当か？　絶対に逃げないか？」

「た……たぶん」

「たぶんじゃ駄目だな」

ぐいぐいとクルトが私の手を引っぱる。なんでアンタはそんなに乗り気なのよ。

ユニコーンに会う服を選ぶため、クリムトさんとクルトと飛空艇倉庫に向かう。

なお、ナイゼルさんはボスゴブリンと細かい部分のお話中。

どうして私がこんな貧乏くじを引くことに。理由は理解できても納得がいかない。

「ははは、見ていて面白いな君たちは……と、着いたぞ、この部屋だ。さぁロッテ君……この中から好きな服を選んでくれ」

「……う、うわぁい（↓）」

「言葉のイントネーションがまったく嬉しそうじゃないな」

お洒落に興味ある子なら喜ぶんでしょうけど、この私ですからね。

テンション低いですよ。木箱の中から中身を取り出して確認していく。

白に黒に黄に赤に、色とりどりのたくさんの服たち。

触れただけで高級とわかるえらく肌触りのいい生地……すべすべだ。

貴族令嬢はこんなのを着ているのか。私だったら汚してしまうのが怖くて落ち着かない。

「……ふぅ」

もうぱっぱと済まそう、ぱっぱとね。適当に服を手で広げて見比べる。

「気に入ったものはあったかな？」

「………う、うぅん」

私の反応を伺うクリムトさん。正直、どれが自分に合うのかさっぱりだ。

可愛らしいフリルのドレス、花柄の刺繍なんかが大量に施されたもの。

これはないな……本能が全力で拒否している。

それでもなんとか、私が似合いそうな服をチョイス。

「あ、これいいかも」

私が選んだのはシックな黒めのドレス。髪の色と合わせたつもりだけど。

「うん……なんというか、うん」

「暗い、地味、黒い魔女みたいになると思う」

ひ、酷い。まだ試着すらしていないのに。

「お、お世辞でも言いなさいよ、似合いそうだって」

「今はそういう時じゃない」

妥協は許さないといった顔のクルト。

「クルト君の言う通りだ。磨けば光るとわかっている原石が目の前にあったとして、それを磨かない理由はないだろう？」

よ、よくもまぁ歯の浮くようなセリフを吐けるなぁ、この人。

「ロッテはもっと、冒険してもいいと思うけどなぁ。暗めの色ばかりじゃなくてさ」

「すいませんねぇ、ファッションセンスないので」

唇を尖らせる私。

「いや……ロッテの場合、センスではなく服飾選びの経験がないからだよ。だから冒険の仕方がわからないんだ」

「なるほど……確かに見ていてそんな感じだね」

微妙に失礼な発言が男二人の間で飛び交っている。

若干腹が立ったが、事実なので強くは言えない自分がもどかしい。

「あの、クリムトさん。やっぱり私ではこの任務は荷が重……」

「僕には君を巻き込んだ責任がある……諦めるのはまだ早い」

いえ、ここは諦めてくださってもいいんですよ。

「そうだ……なら、ちょっと待っていてくれロッテ君」

「あ、あの」

私の言葉を最後まで聞かず、クリムトさんが部屋を退出する。

そして十分後。

「ロッテ君、心強い助っ人を連れてきたよ」

「う……うう、嘘でしょう？」

「少し説得に苦労したけどね」

「「……ふん！」」

前には腕を組んで並ぶ貴族令嬢たち。も、ものっそい私を睨んでいるんですが。

「ふん、来てやったわよ！」

「クリムト様のお願いだから、仕方なくね！」

「さぁ……感動で震えて喜びなさい」

ついさっきまで滅茶苦茶険悪ムードだったんですけど。

引っぱたかれた場所を押さえて、私を殺気混じりに睨むアメーリア伯爵令嬢まで。

ふ、普通救援に来る？　正直対応に困るんですけど。どういう風の吹き回し？

「さ、殿方は出て行ってくださいまし！」

「ほら、早く早く」

強引にぐいぐいと男性陣を部屋の外へ。

令嬢たちは絶賛困惑中の私を椅子に座らせ、服を体に当てていく。

「な、なんで手を貸してくれるんです？」

「「はい？」」

令嬢たちに話しかける。

「言ったでしょう、クリムト様に頼まれたって」

いや、そうじゃなくて……。聞きたいのはそういうことではない。

「い、いいんですか、協力してもらって？　仕事を奪うような形になってしまいましたが」

「「おほほほほ！」」

声を揃えて笑う令嬢たち。え……私、何か面白いことを言ったかな？

「まったく……楽しい冗談ね」

「調子に乗るんじゃないわよ。それは計画が全部うまくいった場合の話でしょう」

「もう成功したつもりでいるの？　この女、何を己惚れているのかしらね」

「で、ですね……」

なんか恥ずかしい。アメーリア令嬢が大きくため息を吐く。

「ち、しょうがないでしょうが……これ以上意地を張ってクリムト様に嫌われでもしたら元も子もないしね。それに協力姿勢を見せれば、結果にかかわらず便宜を図ってくれるって話だから」

「……」

「勘違いしないでよ、別にゴブリンに対する謝罪とかじゃないわよ。ま、こっちの分野なら私たちも専門だから役に立てるし」

まぁ……ありがたい、のかな？　礼を言うべきか複雑な状況だけど。

クリムトさんと彼女たちの間で話があったようだ。

もしかすると先ほどのやり取りから彼女たちなりに危機感を持ったのかもしれない。

「「「もし貴方が失敗して恥かいても、それはそれで面白そうだし」」」

「そ～ですか」

いや、やっぱり捻くれているか。

「さ、無駄口は終わりにして始めるわよ」

「私たちが本気を出せば、貴方も多少は見られる容姿になるわよ」

「美人は無理でも雰囲気美人は作れるんだから」

「お、お手柔らかにお願いします」

少し怖いが彼女たちに任せることにする。

「まずは髪型からね、その三つ編みを解くわよ」

「……え？」

「何、意外な顔をしているのよ。服だけ変えてどうするの、上から下まで全体を考えてコーディネイトするのは、お洒落の基本でしょう？」

そう言い、私の髪留めに手をかける令嬢たち。

髪とはいえ、自分の体に触れられると少し落ち着かない。

「まったく、髪を纏めると動きやすいのはわかるけど、見られる意識を持ってもっと容姿に気を配……ん？」

髪留めをとると、ぱらりと髪の毛が背中に波のように広がる。

「「「……」」」

「ど、どうしました？」

何故か、令嬢たちの手が止まった。

なんで急に黙るのか？　背後から強烈な視線を感じるような……。

「ず、ずいぶんと潤いと艶のある綺麗な黒髪じゃないの」

「く、櫛がするすると入っていくわ」

「信じられない！　え、枝毛一つないわああっ！」

私の髪に興味を持った令嬢たち。

たくさんの手が伸びてきて、ぐいぐいと私の髪を引っ張っていく。

「ちょっ、い、痛い、痛いですってば！」

「「はっ！」」

私の悲鳴で我に返る令嬢たち。

訴えるとようやく髪を放してくれた。

「ち、ちょっと待ちなさい！　なんでヘアーサロンもないこの島で、この髪質がキープできるのよ！　あり得ないでしょ！」

「い、一応自分で簡単に手入れはしているので」

「か、簡単な手入れでこんな髪になるわけ……私たちが、いつも朝どれだけ時間をかけていると」

ふざけるなと叫ぶ令嬢たち。

「というか……貴方、よく見ると肌も綺麗ね」

その言葉に他の二人の令嬢も私の顔に自分の顔を近づける。

ち、近いって。息がかかる。

「本当だ、ぷるんぷるん……な、なによこの瑞々しい弾力は！」

「まるで生まれたての赤ちゃんのような肌質、庶民風情が生意気じゃないのよ！」

「お洒落に興味がない恰好しておいて、この……腹立つわぁ！」

「ふぐ、ぐっ……や、やめって」

な、なんでキレてるの？　身勝手すぎる。

頬を指で滅茶苦茶に押さないで……空気が漏れて間抜けな声が出てしまった。

「ほ、本当に特別なことはしてないですよ。自分で調合した化粧品を使っているだけで」

「じ、自分で調合？」

「え、ええ……まぁ」

市販のものより、自分で作ったほうが格段に安いし。

洗髪液も海水とちょっとした薬剤で調合できる。薬師だからその辺りはお手の物だ。

「で、でも皆様もそういった必要な道具は島に持ってきているでしょう？」

ユニコーンに会うには自身の美しさを保つ必要があるのだから、必要な道具は持ち込んでいるに決まっている。

「ひ、皮肉かしら？　この女」

「持ってきているけど、こんな綺麗な肌にはならないわよ！」

憎しみの込められた令嬢たちの視線が私の肌にビシビシと突き刺さり、落ち着かない。

「く、やるじゃないの……」

「悔しいけど認めるしかないようね……貴方の価値を」

「元【紅蓮の牙】の薬師だけなことはあるわ」

「ど、どうも」

なんか変なところで彼女たちに認められた。複雑な気持ちである。

「よ、よければ後で同じものを作りましょうか？」

「「い、いいの？」」

「い、いいですよ……別に、どちらも島で取れる素材で調合できますし」

提案に目をキラキラさせる令嬢たち。それぐらいはたいした手間でもない。

「助かるわ！」

「この状況だし、無駄遣いできないから化粧液とかも節約していたけど、凄いストレスだったのよ」

喜び、ぱぁんと手を重ね合わせる彼女たち。

「にしても、貴方って外見は地味だけど、見えないとこは完璧なのね」

「あ、ありがとうございます」

「お馬鹿、全然褒めてないわよ。いいところ全部隠してどうするのよ」

「まったく……女子力があるんだか、ないんだか」

ため息を吐く令嬢たち。一転、叱られる私……解せぬ。

「ユニコーンの好みは清らかな乙女、さらさらの黒髪ロングなんて武器を持っているのに、使わない手はないでしょ」

そんなことを言いながら本格的に髪をいじくり始める令嬢たち。

その間、じっとしているのも暇なので話を振る。

「ところで、その……皆さんは本当にいいんですか？」

「しつこいわね。そりゃもしユニコーンの祝福なんかを得られれば、いい縁談も望めるでしょうけど。私だって全部がうまく行くと思えるほど楽観的じゃないわ、ただそれでも、ちょっとでもいいところに嫁げるならって、親に向かわされただけよ」

はっきりと言う令嬢。

「それよりも貴方、話は変わるけど本当に信頼していいの？　あの妙なゴブリンは」

「大丈夫……だと思います」

尋ねて来たのはアメーリア伯爵令嬢。

「そう……まぁ、正直、拷問だのなんだのに関しては少し言いすぎたような気がしなくもないような気もするわ」

さっきの彼女たちの反応からすれば意外な言葉。

すっごい回りくどい表現だけど。

「私の家の領は山村が多くてね、特にゴブリンには困らされていて、群れに何度も滅ぼされた話はお父様から聞いているし、魔物の中でも特にゴブリンにはいい印象がないの。正直ここの生活が不安で不安で仕方なくて、イライラを全部ぶつけてしまった」

「……」

「でもね、それでも……貴方の判断が全部正しいとは私には思えないわね！　魔物は魔物なのよ」

「真っ当な反応だと……思います」

冒険者の中にも魔物使いはいる。

友好的な関係を築けている者もいるが、そういった魔物はごく少数だ。

「貴方……さ、何か大事なことを私たちに隠していない？」

「まさか」

「ふぅん……本当に？」

真っすぐに私の目を見る令嬢。

「どうしてそう感じるのですか？」

「貴方みたいに頭のいい人間はね、こういう時に嘘は言わないけど、真実も決して言わないのよ。そうやってうまく逃げ道を作って、否定ではなく質問で返すようにね。私のお父様もいつもそんな感じだったわ」

「心配せずとも、大事なことはナイゼルさんに全部進言してますよ」

「そう……ならいいけど」

本当に隠してはいない……が、鋭いと思った。

正確には説明できないが正しい。

まだパズルのピースがバラバラに散らばっていて、全体像が判明せず、人にうまく伝えられる気がしないのだ。

そんな会話をしながら、一人ファッションショーは進められていった。


そして翌日、私たちは皆に見送られて飛空艇を出る。

「準備、イイカ？」

「ああ、行こうかロッテ」

「……ええ」

ユニコーンを刺激しないよう大人数を避けて、生息地に向かうのは私とクルトとボスゴブリンの三人だけだ。

「な、なんかまだ眠そうな顔をしているけど、大丈夫か？」

「日付が変わるまで準備に時間がかかったからね」

ぐったり気分の私。着せ替え人形の気持ちがわかった。

「それは……期待できそうだな、楽しみにしているよ」

「か、勘弁してください、本当に」

そうか、あの恰好をクルトに見せなければならないのか。

ユニコーンに会いたいのに、会いたくない……そんな複雑な気持ちで出発する私だった。

ユニコーン

いよいよユニコーンの生息地へ。

ゴブリンと戦闘した湖の奥側へ、生い茂る木々の中を淡々と進んでいく。

土地勘のあるボスゴブリンが移動しやすいルートを選んでいるため、足が痛くなることもない。

目的地までの所要時間と大体の場所は聞いている。

昨日、私が令嬢たちの着せ替え人形になる前に、ボスゴブリンとこんなやり取りがあった。

「ユニコーンのいる島の反対側まで、どれぐらい時間が必要？」

「……ム？」

必要な荷物も変わるので聞いておく。

「順調ニ行ケバ二日。ユニコーン……丘ノ上住ム、崖登レバ早イガ急……迂回スルト安全」

「なるほど」

「てことは、適当な場所で野営か……」

クルトと相談する。野営用の準備をしっかりしておこう。

「ウチ……来ルカ？」

「……え？」

ボスゴブリンの驚きの提案に困惑する私たち。ウ、ウチってゴブリンの集落ってこと？

「遠慮、スルナ……今日ノ礼」

「え？　いや……あの」

さっきゴブリンを助けたおかげか、まさかのお誘いイベントが発生。

し、信頼してくれているのは嬉しいんだけど。

ど、どうしよう……顔を見合わせる私たち。

「無理……イワナイ……嫌、ナライイ」

「あ、あぁ……いえっ、嫌というわけじゃないのよ」

仮面で顔は見えないけど、ちょっと寂しそうな雰囲気。

微妙に断りにくいし、怖いけど、個人的にゴブリンの集落とか凄く好奇心をそそるし、気になるし見てみたい。せっかくの好意なので頷くことにした。

移動は順調に進み、飛空艇を出て三時間が経過。

太陽は真上の位置に。ぼちぼちお昼時となり食事準備を始める。

「ふふふ……うふふふふ」

「どうしたロッテ？　急に変な声を出して」

「変言うな」

訝し気な顔のクルト。勿論、意味なく声を出したわけではない。

待望の時間がやってきたからである。

「珍しいな、ロッテが食いしん坊みたいな顔するの」

「ふぅん、これを見てもそんな生意気ことが言えるかしらね」

荷袋から木箱を取り出して開けた瞬間、クルトの目が見開く。

「ま、まさか、この食欲をそそる芳醇な香りは……」

「そう、ついにできました！　アレができましたよ！」

「もしかして、アレか！　アレなのか？」

テンションがあがりすぎて、語彙力のなくなる私たち。

まぁいいのです。ちゃんと伝わればそれでね。

「……ア？」

ボスゴブリンは意味がわからずキョトンとしているけど。

置いてきぼりにしてすみません。

先日手に入れた皇帝マヅダケを、下処理が終わったので持ってきた。

日持ちの問題もあるし、いつ飛空艇に帰れるかわからないからね。

勿論、私たちの分だけ切り分けて残りはナイゼルさんに渡してある。

渡した時、涎が出ていたけど、部下たちの前で渡したから独占はしないだろう……たぶん。

「ソレ、美味シクナイ、ゾ」

「え？　食べたことあるの？」

「アア……昔」

「そのまま食べると副作用があるんだけど、身体が変な感じにならなかった？」

「変とはなんだ？」

「いやその、まぁ……なってないならいいわ」

ユニコーンの祝福の効果なのだろうか。

「よっし、全力で準備を手伝おうじゃないか、どうやって食べるんだ？　俺は何をすればいい？」

やる気満々で腕捲りするクルト。

「普通に素焼きにして塩を振るだけで美味しいけど、一瞬でなくなりそうだしね」

「そう……だな」

クルトのちょっとガッカリした顔。超希少な食材だから仕方ない。

本当はもっと量があればよかったんだけど。二口ぐらいでなくなっちゃいそう。

「で、私色々と考えました。どうすれば皇帝マヅダケを一番堪能できるか。こいつを使おうと思います」

取り出した小瓶をクルトに見せる。

「それ、油？」

「ナナタルの種っていう、良質な油が取れる種が島で見つかってね。そいつを砕いて圧縮して絞り出した油よ」

「なんか水みたいに透明感ある油だな」

「でしょう？　酸化しやすいから保管方法に注意は必要だけど、苦くないし、凄くさっぱりしてるの」

「へぇ……で、この油を使ってどうするんだ？」

「うん、せっかくだしキノコのアヒージョにしようかと思って」

皇帝マヅダケだけだと少ないから、他の茸も入れて一緒に。

「アヒージョか……い、いいかも」

ごくり、とクルトの喉が鳴った。早速、持ち運び用の軽量金属鍋でアヒージョを作る。

「クルト、私が具材を切ったり下ごしらえしている間、火の準備をお願いね。火力にはくれぐれも気をつけてね、油が跳ねるから」

「了解！」

クルトが作業に取り掛かる。アヒージョは温度管理が肝だ。

料理中の私たちを興味深く見つめるボスゴブリン。

「じっくり丁寧に煮込んで、皇帝マヅダケから溶けだした旨味エキスがた～っぷりしみ込んだ贅沢なアヒージョ油を、パンに思う存分吸わせてただきましょう。間違いなく最高よ」

「……お、おお、想像するだけでやばいぞ、それ」

料理を終えて昼食をとる……結論から言うと、まぁ滅茶苦茶美味しかった。

濃厚ながらしつこくなく、強烈なうま味がのどの奥に走り、二度と忘れられない鮮烈な味。

まさしく皇帝の名に恥じない茸だった。保存用のちょっと固めなパンも染み出したエキスを吸って、イイ感じに柔らかくなり、あっという間にお腹の中に消えていった。

「う、うまかった」

「やばい、これやばいわぁ……もう普通の茸じゃ満足できなくなりそう」

「コ、コレ……コンナニ、ウマイノカ」

「満足してくれてよかったわ」

パンに齧りついていたボスゴブリン。仮面があるのに外さないで器用に食べるなぁ。

「ゴブリンたちは茸はあまり食べないの？」

「何デモ食ウ……ガ、基本、肉」

まぁ、茸類はそこまで栄養価は高くないしね。

「にしても、この強い匂い、近くにいる魔物が寄ってきそうなものだけど、この島にはゴブリン以外にも本当に魔物がいるのか？」

「イル、ゾ」

「ああ、魔物が少ない理由ならなんとなくわかるわよ」

クルトの疑問は私も不思議に感じていた。だけど、ここに来てその理由が判明した。

「飛空艇で一度も襲撃を受けていなかったしね。ある意味では落ちた場所の運がよかったのよ、私たちは」

「と、いうと？」

「クルト、そこの赤い実のなっている木を見て」

私が指を向けた先を見るクルトだったが。

「赤い実の木……ど、どこのだ？」

「見えない？　そこにあるでしょう？」

私の目にはしっかり見えている木だが、クルトにはそれが認識できていない。

「あ、もしかして……幻夢木か？」

「そ、正解よ」

幻夢木、迷いの森と称される森に群生する植物。

その名の通り近くにいる生物に幻惑を見せる。

自身の幻を見せたり、別の種の木になりすまし、距離感や方向感覚を奪い、群生地に迷い込んで抜けられずに死んだ生物の身体を取り込み栄養にするのだ。

幻夢木が魔物の防波堤となっていたことで、飛空艇の方角に島の魔物が来なかった。

私の眼鏡は幻影を見破る性能があるので惑わされないが。

「ソロソロ行クカ、飯、美味カッタ、礼ニ晩飯……俺、ガンバッテ馳走スル、期待シテロ」

「え、ええ……うん、まぁ、期待しているわ」

「でもそんなに、頑張らなくてもいいんだぞ」

へ、変な食べ物出てきたりしないわよね。ちょっと不安になりながら出発する。

そして夕方前、ゴブリンの集落に着いた私たちだった。

「入ル……俺タチ、ココ住ンデル」

森の中、集落をぐるりと囲む木柵。中には生活感のある木の家がずらりと並ぶ。

「カエッタ……ゾ、オ前タチ」

「ギギッ！」「ギギギッ！」

ボスゴブリンが戻ると、キャッキャャと子分ゴブリンが喜ぶ。

本当に慕われているのね。子分ゴブリンは私たちを一瞥するが、警戒はしていない。

飛空艇に侵入していたゴブリンが先に戻り、私たちが来ることを伝えておいたらしい。

欠伸までして、ボ～ッと地面に寝ている者もいる。

だ、だらけすぎじゃない？　いや……まぁいいんだけどね。

ボスゴブリンの後ろを歩く。どこに案内されるのだろうか？　ボスゴブリンの家かな？

ゴブリンの身体は人より小さいので、ゴブリンハウスの建物の高さは私の身長程度、人間の大人だと少し窮屈だ。

まぁ、こんな島だ、屋根があるだけありがたいんだけどね。

だが、そんな私の懸念を払拭するかのように大きな建物が見えた。

ボスゴブリンの住む家だった。私たちは今日ここに泊まるらしい。

「ユックリ……クツロゲ」

「あ、ありがと」

「おう」

晩飯の準備をするといって、ボスゴブリンは出て行った。

ゴブリンは洞穴や廃墟など、不衛生な場所に住むことが多いイメージだが、中は埃っぽくなく結構綺麗。魔獣の皮でできたカーペット（？）まで敷いてある。

（なんか人間の集落に来たみたいね）

途中には小さな畑もあった。完全に自給自足してるわね。

本当にどうなっているんだか、ここのゴブリンは……。

寝っ転がって移動の疲れをとっていると、あっという間に日が暮れて晩ご飯の時間になった。

ボスゴブリンに準備ができたと呼ばれて外に出ると、宵闇を照らす炎が目に入る。

集落の中央で焚火を囲むようにゴブリンたちが私たちを待っていた。

ざっと見て五十人以上のゴブリン。視線を感じる。

たくさんのゴブリンに囲まれての食事、なんかドキドキする。

戦うことはあっても、こうして客人扱いされたのは初めてだ。

「コッチ……ダ」

円の一部の空いたスペースへ。ボスゴブリンの隣に並んで座る私とクルト。

少し落ち着かない。

「ど、どんな料理が出てくるんだろうか？」

「ここまで来たら祈りなさい、クルト」

「い、祈る？」

私たちと彼らの味覚が大きく違わないことを……。

彼らは文化的なゴブリンだ。皇帝マヅダケも美味しいと言ってくれたし、あまり変な料理は出ないんじゃないかと思う。たぶん、おそらく、そう信じているので……お願いします。

ドキドキしながら待っていると、ついに料理がやってきた。

子分ゴブリンが四人がかりで重そうに運んでいる。

「な、なんだ、あれは？　白い、骨？」

「……い、いや違うわ、骨の鍋みたいよ」

鍋からは湯気が昇り熱々だ。

火傷しないように木の下に太い紐を引っ掛けて鍋を吊るし、慎重に運んでいる。

「な、なぁロッテ、あの鍋替わりに使われているでっかい骨？　どっかで見たことがあるんだけど」

「た、たぶん、ガラトプスの頭骨じゃない？」

削ったり、他の骨で隙間を埋めて鍋として使えるよう加工しているけど、原形が残っている。

ガラトプスは危険度も高く、Ｂランクの上位の魔物。

大きな頭が特徴の体長四メートルオーバーの巨大獣。あれをゴブリンたちが狩ったの？

「あ、あいつ……結構危険な奴だったと思うんだけど」

「なんかもう、彼らに驚くのも疲れたわね」

「そう、だな」

だが、昨日の戦闘を思い出せば、彼らがガラトプスを狩れたことにも十分信憑性はある。

「アレ……興味、アルカ？」

「え、ええ、まぁ……」

「アレ、奇跡ノ鍋……」

き、奇跡の鍋？　なにそれ？

「使ウト美味シクナル、食ベルト笑顔、平和ニナル」

「へ、へぇ……」

どこか自慢するように言うボスゴブリン。

う、胡散臭さが半端ないんですけど。変な呪いがかかってたりしないわよね？

木皿に取り分けられていく鍋の中身。皿に入っているのはどろりと白濁した液体。

（こ、これを……食べるの？）

ぶつ切りにした何かの魔物肉が、濁ったスープの上にぷかぷかと浮かんでいる。

見た目がかなりアレであり、食べるには勇気が必要だ。

相当好意的に見れば、独身男性の作る野生的肉料理と思えないこともないが……。

「「……」」

クルトと目で会話をする。お前が先に食え、いやお前が先に……味見の特攻役になるのは御免だとけん制しあうが、どちらも譲らない。

「何ヲシテル？　……早ク、食ウ、冷メル」

「「はい」」

ボスゴブリンの言葉に覚悟を決める私たち。

（ええい、ままよっ！）

勇気を出して白濁スープをいただくことに。

粘り気のあるスープが口の中にとろりと入っていく。

「……え？　う、嘘でしょ？　の、飲める」

「いや、というか……う、うまいっ！」

失礼ながら予想外の結果に、目を見開く私たち。

適度に塩っけの利いたスープに、お肉の旨味がとにかくこれでもかと凝縮されていた。

「「な、なんでっ！」」

いい意味で期待を裏切る味。

一口、二口……と、スープを喉に流し込んでいき、次は具材のお肉を口に。

具材はなんと肉十割。入っているのは二種類の肉。

肉率が高すぎる気もするけど、事実、外で活動するゴブリンにはこういった食事の方が好まれるのだろう。

「に、肉だけなのに全然飽きないな」

「ええ」

適度に噛み応えのある肉と、煮込んでホロホロした口の中でとろける柔らかいお肉。

両方を交互に楽しめるおかげか。

移動でお腹も空いていたし、バクバクと食べる。

「お、お肉も美味しいけど、この濃厚な複雑なスープは何？　……お肉のうまみとトロミが舌にくっついてスープの味をしっかりと伝えてくる。こ、これどうやって作ったの？」

「肉切ッテ、鍋ブッコンデ、火力上ゲテ煮込ンダ……ダケ」

「そ、そんな馬鹿な……」

納得いかない顔のクルト。絶対に美味しくならない、調理過程だ。

「こ、これ、何の肉なんだ？」

「ナンカ緑ノ柔ラカイヤツ」

「こ、これは……」

「ナンカ赤イ角アルヤツ」

ボスゴブリンの説明が抽象的だけど。

た、多分、緑はジャイアントフロストの肉かな。

赤はレッドミノタウロスっぽい。過去に記憶した味を思い出して推測する。

だけど、それだけで出る味じゃないわよ……これ。何か大きな秘密がありそうだけど。

「ダカラ言ッタ……奇跡ノ鍋」

「いや、そんな物が本当に存在するわけ……いや」

複雑な味？　もしかして……鍋を見て私は気づく。

「そうか……本当に奇跡の鍋なのかもしれない」

「え？　本当に鍋なのか？　食材じゃなくて？」

「た、たぶんそうだと思う」

この鍋は様々な魔物の骨で構成されている。結果的に、この鍋を使ったことで、様々な魔物から出汁を取る形になり、複雑な味を形成する。

ていうか正直、狙って作れる味じゃないと思う。

「旨カッタ、カ？」

「ああ、滅茶苦茶……うますぎてビックリしたよ」

「うん、本当に」

「ソウカ、クク……ソウカ」

嬉しそうに笑うボスゴブリン。

（これなら、もっとおかわりをお願いしたいくらいだわ）

「ギッ！」

「ふぇ？」

私の皿の中に、ボトッとお肉が放り込まれる。

もうちょっと食べたいなぁ、とか思ってたらなんか増えた。

子分ゴブリンが隣で親指を立てていた。な、なんか見覚えがあるわね、このゴブリン。

「ギギギッ！」

「え、えぇと？」

「コイツ、今日コレ作ッタ……昨日助ケテモラッタ礼、ラシイ」

困っているとボスゴブリンが通訳してくれた。彼は昨日飛空艇に潜り込んできたゴブリンか。

「あ、ありがとう」

「ギギ！」

戸惑いながらも、ありがたく食べることにする。まぁ感謝されて悪い気はしないよね。

メニュー的にちょっと体重変化が怖いけど。あ、明日も歩くし大丈夫だよね。


「ギャッ、ギャッ！」「ゲギャッ！　ギャッ！」

食後、火を囲んでワイワイ踊るゴブリンたち。

場を盛り上げるように、魔物の骨と骨を叩き楽器代わりにしている。

彼らが日々一番楽しみにしているらしい夜の時間。

不思議な美味しい肉鍋で歓待され、お腹も満たされた私たちは焚き火で温まりながら、ゴブリンたちをぼんやり見つめていた。

雌ゴブリンの前に雄ゴブリン立ち、小刻みにジャンプ。

なに、あれ？　ボスゴブリンに尋ねてみると。

「アレハ、求愛シテイル。好意、示シテイル」

「へぇ……そんな意味が」

立ち上がり雄と雌が手を繋げば誘いは成立だ。

過去、依頼ついでに参加した収穫祭を思い出す。

好意のある異性を誘う、田舎の村なんかで比較的よく見られるイベントだ。

「なんか、悪くないな……この光景」

「ここのゴブリンって冒険者《私たち》と少し似ているわね」

「ああ、わかるよ」

昼は狩りをし、夜は仲間たちと食べ、火を囲み、歌を歌い自由に生きる。

「ゲギャアアア！」

「ギグエッ！」

ま、まぁ、全員が求愛に成功するはずもなく。

中にはうるさいと雌ゴブリンに引っぱたかれている者もいたが。

だが、先ほどのゴブリンも明日になったら今日雌に振られたことは忘れ、もう一度チャレンジするらしい。

今を全力で満喫するスタイル。私は細かく考えてしまう方だけど、こういう時間は小難しいことを考えずに済むし、嫌いじゃない。

「へくちっ！」

彼らを見ていたら、冷たい風が吹いた。反射的にくしゃみが出る。

「ほら、ロッテ」

「あ、ありがと……」

クルトがさりげなく自分の外套を私の肩にかけてくれる。感謝。

「ねぇ……聞いていいかな？」

「ナンダ？」

「貴方は他のゴブリンたちとどんな出会いをしたの？」

「……ム」

「あ、ごめん。言いたくなかったら無理にとは言わないわ」

「別ニ……イイガ。俺、記憶ナイコト……話シタナ」

「ええ」

頷く私。彼は島で、最初は一人だったのよね？

「白キ獣ニヨリ、命繋ゲタ……ガ、島恐イ魔物イル、生キルノ必死」

声のトーンを落とすボスゴブリン。

「タダソノ日生キルデ精一杯、泥モ飲ンダ、オ前タチイタ、湖モ……知ラナイ、雨ガ降ル、祈ル……ソンナ中、アイツラ……会ッタ」

過去を振り返るボスゴブリン。

「最初、敵同士……アイツラ、別ノ、ボスガイタ」

「え？」

「強カッタ……当時ノ俺、幼ク、小サク、トンデモナク大キク見エタ」

手を使って、そのサイズを表現するボスゴブリン。

話を聞くに本当のゴブリンキングが別にいたらしい。目の前のボスゴブリンとは別のゴブリンキングがボスゴブリンとなり、子分ゴブリンたちを従えていた。

なんか、ごちゃごちゃするわね。

「死闘、末ニ倒シタ……ソシタラ何故カ喜バレタ、戦イノ傷、手当シテ。慕ッテツイテキタ」

ゴブリンキング。本来は傲慢であり、ただただ欲望のままに行動する暴力的な存在。

発見され次第即討伐命令がでる。突発的な出現で村が略奪され消えた事例もある。

ゴブリンキングは自分の子分すら便利な肉壁程度にしか考えない。

恐怖での支配から解放してくれた彼に感謝したのかもしれない。

「じゃあ、貴方は彼らと違う種族なのね？」

「カモ……シレナイ、寧ロ俺、アイツラ、ヨリモ……」

「⁉」

口を閉ざし、私たちを見るボスゴブリン。今、彼は何を言いかけたんだろうか？

「俺……ボス、トシテ変カ？」

「もしかして、不安なの？」

「…………」

黙り込むボスゴブリン。

「ま……変でも、いいんじゃないの」

「ナニ？」

「記憶があろうがなかろうが、貴方がゴブリンだろうが、そうでなかろうが……貴方は彼らのボスよ」

「ソウ、カ」

少し照れ臭そうに髪をかくボスゴブリン。

「私は貴方のやり方好きよ。今のままで、いや……今の関係こそがいいと思う」

彼はゴブリンたちに優しく接した。だから彼らは忠義で応えている。

慕っていなかったら、心配して飛空艇にやってきたりしない。

それは恐怖による支配なんかよりもよっぽど難しく大変なことだ。

(ねぇ、貴方は……もしかして)

彼と接し見えてきたことがある。

矢や弓、武器を作って戦略的に連携して戦ったり、簡易ながらも木造の家を建てたり、ゴブリンにはない深い知性を持つ存在。加えて言葉まで喋れること。

彼はゴブリンなどではなく……。

「なんだ？」

「いや……ごめん、なんでもない」

今はまだこの胸に秘めておこう。事が落ち着いてから聞いた方がいい。

「行クゾ……」

集落での一夜が明けた。

魔物に囲まれて宿泊する。普通に生きていれば味わえない体験だった。

集落を出て森を一時間ほど進むと、ボスゴブリンが立ち止まる。

「コノ辺カラ強イ、魔物デル……気ヲツケ」

「ＧＹＵＡＡＡ！」

そんな会話を中断するように。

頭上の樹木から、不意をつくようにビッグバイパーが落下してくる。

しかし、長さ二メートル以上ある巨大な蛇をクルトが剣で一閃。あっさり真っ二つにする。

「オ前《クルト》ナラ……余計、心配……思ウガナ」

「どうも」

ボスゴブリンもクルトの実力は認めている。

ちなみに、クルトの今の剣は騎士団から折れた長剣の代わりとしてもらったものだ。

「今日、オ前トッテオキ、見レル思ッタガ……残念」

「一応、アレは切り札なんでな」

「姑息。俺ハ……切札見セタノニ」

「わ、悪かったよ」

ボスゴブリンのド正論に気まずそうに言うクルト。一応、理由もあるんだけどね。

「ただ俺の切り札（魔剣）は本当に曰く付きでな。ここで使うとちょっと疲れるんだよ、後で見せるから」

「約束、ダゾ」

「ああ」

そんな二人の会話を聞きながら進む。

先日殺し合いをした仲だが、今はなかなか穏やかなものだ。

「ソコノ茂ミ……魔物イル」

「了解、そっちは俺がやる……お前は木の影にいる魔物《ブラッドベア》を頼む」

「ワカ、ッタ」

ボスゴブリンが駆け出し、短剣がブラッドベアの喉を一瞬で突き刺す。

ビッグパイパー、ブラッドベア、フライワーム……などなど、CランクやBランク以上の魔物が何度も出現。

しかし、こちらも個の力が突出している二人であり、苦戦はしなかった。

二人とも戦闘慣れしており、特にボスゴブリンは野生の感覚というか、クルト以上に気配察知に優れ、奇襲を受けることもない。

ら、楽だ。【紅蓮の牙】にいる時よりも……ずっと。今の状況だと薬でサポートする必要もない。その分しっかりと体力を温存しておこう。

出発から二時間。もう少し歩けば島の反対側だ。

樹木ばかりだった視界が開け、高い丘が見えてきた。

丘の高さは三十メートルはある、かなりの急傾斜で足場もなく、迂回しないで直接登るのは確かに苦労しそうだ。

「アノ丘ノ上……白キ獣、イル」

高まっていく緊張感。ユニコーンの姿を見る時も近そうだ。

「なぁ……ロッテ」

「何？　クルト」

「そろそろユニコーンの丘に着くし、その薬師ローブじゃなくて昨日選んだ恰好になった方がいいんじゃないのか？」

「……い、一応、反応を見て決めるわ」

「先に着替えておいて損はないと思うが。今回の相手は国の一大事となる重要生物なんだ、少しでも接触しやすいように、最初から細心の注意を払うべきなんじゃないかと俺は思う……他意はない」

「う、うるさいわね……わかっているわよ、必要ならちゃんと着替えるわよ」

本当に他意がない男は他意がないとは言わない。ユニコーンと会うのは一冒険者としても、薬師としてもその浪漫に胸が躍るけど、今になっても心中かなり複雑だ。

「まったくもう、昨日から思っていたけど、なんでアンタは今回の件に関して積極的なの？　見ても面白いものじゃないと思うけどね」

「悪いが……それは俺が決めることだ」

　そんな恰好つけた言葉を使う場面じゃないでしょうが。

「そういえば、どうしてユニコーンは丘の上で暮らしているの？」

「ウン？」

　丘の上を見上げながらボスゴブリンに尋ねる。

　彼曰くシンプルな理由で、外敵から襲われる危険性を減らすためらしい。

「デモ、白キ獣、時々下降リテ、森ニ木の実食ベニクル」

「なるほど」

「お、おいロッテ！　あれ！　あれ！」

「……えっ？」

　クルトが丘の上を指さす。い、今白い生き物がちらりと上に見えた。

　頭部に角のようなものを生やした影が、がけ下を覗き込んでいた。

（も、ももっ、もしかして今のが……ユニコーン？）

「クルトッ！　クルトッ！　今のっ？　今のっ？」

「ああっ！　今何かいたよな」

　遠目とはいえ、絶滅した生物との再会に興奮する私たち。丘を登り始める。

「気ヲ、ツケル……中、迷路」

丘の反対側には海流で削られてできたトンネルがあり、炭鉱のように空洞が複数存在し入り組んでいる。穴に入ったり、出たり、ちょっとした自然の迷路になっていた。

少しずつ上へと登っていく。案内がなかったら迷っていたかもしれない。

なるほど、この場所なら外敵もそう来ないか。

ようやくユニコーンの暮らす丘に着く。景色が開け強い風が頬を撫でた。

（う、わぁ……）

そこには十頭以上のユニコーンが仲良さそうに暮らしていた。

ユニコーンたちは現れた私たちを見る。

まず、クルトを見てビクッと立ち上がった。

「グルルルルッ！」「ヒヒヒイイン！」

やはり思いっきり警戒した様子。

そして次に私を見る。女の私を見た彼らの反応はというと。

（ど、どうだ、どうだ？）

「「「「……」」」」

一応、最低限の興味は持ってくれたのか。

数秒間私を見るが……ふいっと視線を逸らされた。

「ああっ！」

「駄目みたいだな」

「くっ！」

「反応はあったんだけど、もう一歩足りない。そんな感じだな」

ま、まぁ想定内ですよ……やはり駄目らしい。

覚悟を決める時が来たか。もし着替えてダメなら私は本気で泣くかもしれない。

「絶対に覗くんじゃないわよクルト」

「勿論、そんなことをしたら楽しみがなくなるだろ」

その返答もどうなのか。


陰の見えないところで着替え中のロッテ。

待ち時間に、ボスゴブリンが俺に話しかけてくる。

「楽シソウダナ、オ前」

「まぁ……楽しいよ」

「嫌ガル、雌、服着セルノガ？」

その言い方はやめろ。

「彼女にはそれくらいのキッカケが必要なんだ。まぁ……望んでいないのは理解してるけど、実際こんな機会がなきゃロッテは絶対着ようとしないだろうしな」

「ソウ、ナノカ」

「ああ、何度か話したこともあるんだが……」

ロッテは本当に着飾らない。何度かさりげなくお洒落をすすめても……。

『そんなお金があるなら薬の素材の購入資金にするわよ。いいクルト？　私が飾った服装をしないのは似合う似合わない以外にもきちんと理由があるの。そもそも冒険者で容姿が良いのは純粋な利点とは限らない。パーティに入りやすいとか、メリットもあるけど、それは利用されるデメリットでもあり、女だと特に面倒事に巻き込まれやすい、これは偽りなく事実。ここ本当大事、わかる？　付き合いの長い貴方なら十分に理解して……』

まぁ……返答は大体こんな感じ。

「グダグダ、ウルサイナ」

「まぁ、ちょっとだけな」

理解はできるが、理屈っぽすぎる。

「ダッタラ、オ前……ロッテ、守レバイイ」

「ああ……そうだな」

ボスゴブリンが頷く。二人で話をしていると背後で足音がした。

ロッテの着替えが終わったようだ。

「き、着替えたわよ」

さて、どんな感じに仕上がっているのか。俺たちは後ろを振り向く。

「ま、待たせたわね」

「ああ…………っ！」

息を、呑む。

そこには俺の知らない、緑と青空をバックにした彼女の姿。

眼鏡をはずしており、纏めた三つ編みをほどき、長いさらさらの黒髪が風になびいた。

膝下まである純白のワンピース。

夜空を思わせる漆黒の髪が白との対比でよく映える。

「ロッテ、なのか？」

「ほ、他に誰がいるっていうのよ」

「…………そ、そうだよな」

「な、なによ、わかっているわよ……自分でも似合ってないってことは」

「そう、じゃなくて」

オーソドックスな型のワンピースだが、一流の職人が作り上げた貴族の服。

細かな刺繍が施され、地味すぎず、派手すぎず、主張しすぎない品の良さを感じる。

そしてそれが彼女自身の持つ魅力を何よりも引き立てている。

普段ローブで隠れている細い足が伸びる。

潤いのある柔らかそうな唇。見ていて吸い込まれそうな琥珀色の瞳。

清らかさと、触れれば壊れてしまいそうな儚さを兼ね備えた美貌。

街を歩けば間違いなく男たちの視線を集めることだろう。

「……っ」

自身の恰好に恥じらう様子のロッテ。

俺たちの視線から逃げるように俯く。

ふわりとスカートが動いた。

なんだこれ、なんだこれ。絶対に似合うと思っていたけど想像以上に。

ここまで……服装一つでここまで変わるのか。

（やばい、目が……離せない）

呆然と彼女を見つめていると。

「もう、な、なにか言いなさいよっ」

「…………あ、ああ」

「む、無言が一番堪えるんだからね」

その声でようやく我に返った。

不安そうに心細そうに、上目遣いで俺を見る。

膨れた顔のロッテ。そんな表情すらも普段の何倍も魅力的で。

「大丈夫……綺麗だよ、とても」

「ふ、普通ね。もうちょっと……不本意ながらも、自分なりにかなり頑張ったんだから。いや、別にいいんだけど……さ」

普通、か……彼女には俺が普通でいるように見えたのか。

当たり前の一言を絞り出すだけで、内心俺は必死だったってのに。

ユニコーンの反応の変化は劇的だった。それはもう怖いぐらいに……。

「さぁ皆、こっちおいっ……」

「「「ヒヒイイイィン！」」」

「わっ、ちょ。そんな全員で来られても困るわよ」

着替えた私の声に反応して、押し寄せるようにユニコーンたちがやってくる。

し、白い毛に埋もれて前がよく見えない。

「あう、もう……い、息ができなっ」

「ヒヒン♪」

「ヒヒ～ン」

ふおお、ユニコーンがこんなにたくさん私の前に。

ちょっと苦しいけど、ふわふわした毛の感触はなかなかどうして悪くなかったり……。

貴重な体験だ。頑張って着替えたことが無駄にならずにすんだ。

というか、凄いね……このモフモフ感は。

「毛で埋もれて……お、おいロッテ、大丈夫か」

「「「グルルルルアアア！」」」

クルトが止めようと近づくがユニコーンに威嚇される。

唇を震わせて激しく唸っている。

「だ、大丈夫よ、ちょっと興奮しているだけだから」

「ヒヒン！」

「…………」

私のことをペロペロ舐めるユニコーンたちを見る彼の顔は、ちょっと面白くなさそうだ。

「もう、獣相手になんて顔してんのよ」

「あ、ああ」

「ヒヒッ……ヒヒン」

「ちょっと、もう、だからくすぐったいってば……」

そんなに頬を舐めるんじゃないの。くすぐったいってば。

「しかし、こいつら絶滅種の獣だから特別扱いされてるけど、人間に置き換えるとなかなか歪んでいるよな。小児性愛者と女好きのダブルコンボだぞ」

「へ、変なこと言わないでよ」

なんでわざわざ人間に置き換えるのよ。そういう目で見ちゃうでしょうが。

「でも、クルトも心配しているし、もうちょっと離れて頂戴ね。わかった？」

「「「ヒヒィイン！」」」

言葉を理解するようにユニコーンが吠えた。

やっぱりいい子だ……今の私にとってはかもしれないが。

じっくりとこのもふもふを堪能したいが、仕事もしないとね。

「はい、口開けて～、閉じて～……」

「ヒヒィン！」

「うん、とてもいい歯並びね」

丁寧にユニコーンを調べていく。皆元気がありそうに見えたが……。

一頭だけ様子が明らかに違う個体がいた。

この子だけは私にも近づいてこずに、唯一ずっと寝ていた。

「コイツ、俺ヲ助ケタ、ユニコーン」

「……この子が」

他のユニコーンに比べて角が短く華奢で細かった。

力を入れれば今にもペキリと折れてしまいそうなユニコーンの角。

「……ヒヒン」

ボスゴブリンが近づくと、彼の手をペロペロと少し嬉しそうに舐め始めた。

二人が信頼し合っているのがわかる。

見るからに元気のない状態。あばら骨が浮き出るほど痩せている。

瞳にも力がなく、疲れた表情をしている。

「大丈夫、絶対に助けてあげるから」

「……ヒン」

早速、道具を用意して弱ったユニコーンの診察を始める。

「ソノ長イノハ、ナンダ？　何シテル？」

「共振石を利用した聴診器……えぇと、要するに身体の中の音を聞く道具ね」

ボスゴブリンが興味深そうに観察する。私が取り出したのはチューブ型の柔らかい材質の管の両端に、振動する石を取り付けた機器だ。

「聞イテドウスル？」

「目に見えないもの、耳で聞こえないものが一番怖いのよ。目で見ただけじゃわかんないことは多い。内臓のどこに異常がでているか、一々身体を傷つけて中を開けるわけにもいかないでしょ」

「ナルホド」

「皆が貴方のように言葉を喋れればいいんだけどね」

人間相手の治療の方がよっぽど楽だ。痛いところを申告してくれるのだから……。

それができない以上、この目や耳、それでも駄目なら道具でもなんでも使ってユニコーンの情報を得る。

「できたら、血液なんかも採取させてもらえるとありがたいんだけど……」

「……ソレ、ハ」

「ほんの少しでいい、できる限りのことをしたい」

「……」

やはり傷つけるのは抵抗があるか……。

その必要性を語り、渋るボスゴブリンをどうにか納得させる。


私がその子を診ている間、野営の準備をクルトとボスゴブリンがしてくれた。

「ドウダ、ナニカワカッタカ」

「まだ解析中よ……明日にはわかると思う」

「ソウ、カ」

「それと、もしかするとだけど、他の子にも何か問題が起き始めているかも……」

「え？　元気そうに見えたけど」

クルトが疑問符を浮かべる。

「見た目にはね。でも他の子も体重が少ない気がする。毛に覆われているから痩せているようには見えないけど」

身体に触れると、皮膚のすぐ下に骨の感触があった。

「ちゃんと食べてる？　今は島で食べ物が取れないとか？」

「ソレハナイ。丘ノ下デ見タダロウ、アナッサの実を……」

「来る時にびっしりと生えていたわね」

あれだけあれば、まず飢えることはないだろうけど。

「下の魔物を恐れて丘から降りてこなくなったとか？」

「ワカラン……明日、降リテ実ヲ取リニ行クカ？」

「そうね、お願いできる？　食事は健康の基本だからね」

「俺も手伝おう。このユニコーンの数だと、一人だと大変だろう」

「助カル」

食事を終え、明日の打ち合わせをしてその日は休む。

ぼちぼち眠い。移動で疲れたし……。

ところで、寝る時ぐらいこの服脱いじゃダメなんだろうか？

さすが超一級品の貴族の服らしく、無駄に防汗、防臭、防汚性能が高い。

おかげで着替える必要もないのだけど。


翌日も調査の続きを。

昨日採取したユニコーンの体液や血液から、反応薬で状態を調べる。

しかし、これだと言える異常はなかった。わかりやすい寄生虫も見つからない。

（……うぅん、弱っている原因は一体なんだ？）

さすがに、何かとっかかりが見つかるかと思ったけど。

「……帰ッタゾ」

午後になり、色々と考えていると、ボスゴブリンがアナッサの実を抱えて戻ってきた。

「あれ？　クルトは一緒じゃないの？」

「アイツ、別デ取ッテル。同ジトコデ探ス、効率悪イ」

「そっか」

　まぁクルトのことだ、一人でも心配はいらないだろう。

「ドウダ、調子ハ？」

「まぁ、仲良くはやっているわよ。ユニコーンも協力的で助かってる。まだ詳しい原因はわからないけどね」

　あの子の体調が悪いのは明らか。何か不調の原因があるのは間違いない。

　ユニコーンの角は力の源で、体内の毒物を分解する機能があるとされる。

　ただ、あのユニコーンの角はかなり細い。

「いつからあんなに細く？」

「最初カラ……ダッタ、思ウ」

「貴方がユニコーンに助けられた時からってこと？　ちょっとその時のことを詳しく教えてくれる」

　ボスゴブリンが昔を思い出そうとするが。

「死ニソウダッタ、血ダラケ、アマリ覚エテイナイ」

「そっか……いや、覚えてなくても仕方ないわね」

「タダ楽ニナッタ時、俺ノ胸ニ模様ガ浮カンデイタ」

　胸に刻まれた模様。ユニコーンが彼を助けるために祝福をした時か。

その時に自身の力を分け与えたせいで、角も細くなり、他のユニコーンに比べて病気などへの耐性が低下したという可能性が高そうだ。

「シカシ、食べ……ナイナ」

「そうね」

持ってきた食料……しばし待っても、ユニコーンは食べない。

妙ね。お腹が空いていれば、すぐに食べると思ったんだけど。

どのユニコーンも鼻を鳴らして、匂いを嗅いだり食べようとしたりする挙動は見せるのだが……口にはなかなかつけない。

「ただいま、ロッテ」

「あ、お疲れ様、随分遅かったわね」

夕方になってクルトが帰って来た。

「がっつり果物を取ってきたからな」

「そっか……ごめん、せっかく取ってくれたのに余っちゃうかもしれない」

「そうなのか？　……まぁ仕方ない、とりあえずこっちに置いておくよ」

「ええ」

洞窟の入り口近くにクルトが実をどっさりと置いた。

しかしわからない。見た感じ、食べ物に興味は示したし、食欲そのものはありそうだけど、何か気に入らない点でもあるのかな？　う～む。

「なぁロッテ……ユニコーン、俺の持ってきた実を後ろで元気に食べてんだけど」

「は、はい？」

「ナニ？」

予想外の行動に即座に振り向く。

がつがつと……という程ではないが、しっかりと実を口に入れているユニコーンたち。

「え？　ななっ、なんで？」

「さ、さぁ？」

混乱する私。なんでボスゴブリンが持ってきた実を食べないで、なんでクルトの方は食べているの？

「俺への警戒心が解けたのか？」

「それが理由なら、ボスゴブリンの方がずっとユニコーンと付き合いが長いんだから、そっちも食べるでしょ」

違いはなに？　見た目には同じ果物に見えるんだけど。

強いて言えば同じ赤い実でも、クルトの方は色が薄い。

ボスゴブリンの方は真っ赤だ。

「クルト、これ……どこからとって来た？」

「いや、普通に木の上になっているイイ感じのをもぎとって」

「そっちは？」

「落チタ熟シタノ……腐ッテナイヤツ」

果物の熟し具合ってこと？　それでこんなに食欲の差がでる？

「さすがにユニコーンって木は登れないわよね」

「アア」

あの蹄の形だし、無理よね。

とすれば、普段は地面に落ちた熟したものを食べていることになるわけで。

（おかしい、なんだこの矛盾は……）

原因究明の取っ掛かりになる気がした私は、徹底的に考える。

これっていう病気ではなく、現在の環境そのものに問題があるのか？

アナッサの実は人間でも食べられるので一口食べてみる。

わかったこと、それは……。

「クルトのよりボスゴブリンが持ってきた実の方が美味しい」

「えぇ？　ちょっと甘すぎないかこれ」

「……オ前タチ」

ボスゴブリンが真面目にやれとジト目で見ていた。でも今は、それしか違いがわからない。

「あぁもう！　何がなんだかわかんなくなりそう……」

「まぁ、これでも見て元気を出してくれ。実はさっき凄いものをたくさん見つけてきたんだ」

「……うん？」

なんだろ、何か面白い食べ物でもあったのかな。

クルトが荷袋の中から広げて見せたのは……。

「こ、皇帝マヅダケですって……こんなに」

「ははは……凄いだろ、なんと森の中に群生地を見つけたんだ」

「……」

「これだけあれば腹一杯食べられるぞ」

「な、なによ、なによ……これは？」

「あ、あれ……どうしたロッテ？　嬉しくないのか？」

私の反応に戸惑うクルト。高級品で昨日美味しい美味しいと言っていた茸だ。

派手に喜ぶと思ったのだろう。

でも、クルトには悪いけれど……。

「希少なキノコには希少なだけの理由がちゃんとあるのよ。一つ二つならともかく、この数はさすがに異常。偶然では済ませられない」

「……い、異常？」

「ええ……ねぇ、この島にエルダーアルラウネっていないかな？　頭に花の生えた女の魔物なんだけど」

「……ム？」

私の質問に考え込むボスゴブリン。

名称を言っても伝わらないので、身振り手ぶりで魔物の形態をボスゴブリンに伝える。

「ロッテ……なんで、エルダーアルラウネがここで出てくる？」

「皇帝マヅダケの群生地にはその性質上、関係する魔物がいるはずなのよ」

クルトには言わなかったが……。

高級品の皇帝マヅダケの下処理の時に出た液体は上質の媚薬となる。

エルダーアルラウネはアルラウネの進化種である女性型の植物魔物。

獲物をおびき寄せる催淫成分を蔓から発し、その成分が付着した土壌に皇帝マヅダケは群生すると言われている。

「……知ランナ」

「……本当に？」

「何度聞カレテモ、知ランモノハ知ラン」

「おかしいわね。私の推測だと、必ず近くにいるはずなんだけど……そうだ、ならハイハーピーは？　こんな鳥の爪を持った女魔物で……」

「知ラン」

他にも関係しそうな生物を聞いてみるが、どれも知らないという。

だけど見えてきているはずなんだ、ちゃんと答えは近くにあるはず。

そして、何故熟したものを食べないのか？　何故普段と違う実を食べたのか？　……これの疑問への解答も。

植物は太陽や土壌の栄養を吸って成長する。

熟せば実の中に含まれる栄養も多い。

では含まれた栄養そのものに問題があるのではないか。

この島で見かけた特有の植物、周辺環境。

ユニコーンに害を与えるとすれば……それはなんだ。

「ひ、つめたっ！」

考え事の邪魔をするかのように、崖下からざばぁと激しく波がぶつかる。

水滴が飛散し頬にかかった。

水面から相当高さがあるのにここまで水が飛んでくるとは……。

ふと、崖下を覗きこんでみる。

「ロッテ……落ちないように、気をつけてな」

「ええ、それにしてもまた随分と波が荒れているわね」

今日は夕方が干潮みたいだ。

「「ヒヒヒイイイィィィン！」」

ユニコーンたちが吠え始める。

彼らも波音に驚いたのだろうか。

「「ヒヒイイイン！」」

「……ん？」

「「ヒヒヒイイン！」」

少し様子が変な気がする。何度も何度も何度も海に向かって吠えている。

「クルト、近くに何かいたりする？」

「いや、そんな気配はない……が」

「……」

まるで何かを警戒しているような、そんな感じのユニコーン。

（海、魔の海域……か）

もし原因が島にはないとしたら……。

「クルト、明日急いで飛空艇まで戻ろう」

「え？　原因を最後まで調査しなくていいのか」

「いい。正直もう八割方見えたから」

「……え？」

「ナニ？」

残り二割、私たちの知らないこと。

ユニコーンを助けるために、戻って最後のピースを見つけにいく。

災厄の魔女

急ぎで引き返し、翌日の夕方に飛空艇に着くことができた。

道中、ぽつぽつ雨が降り始め、その勢いは強くなっている。

着く前に激しく降らなくてよかった。

「ただいま戻りました……ん」

「「……」」

皆に呼びかけても誰からも返答がない。妙な空気だ。

勿論人がいないわけではない。

木々にだらりと体重を預けている者。ただただ虚空をボ～ッと見つめる者。

しかし、そんな不真面目に見える騎士たちを咎める人物もいない。

どこか弛緩しきった空気。騎士全員のやる気が感じられないというか。

「どうしたんだ？　皆の雰囲気が妙に暗くないか？」

「ええ」

飛空艇の入り口から一番近くにいた騎士に話しかける。

「あ、あの……」

「おお、お前たちか……」

「どうしたんですか？　なんだか様子が……」

「それは……君たちのいない間に色々あってな。団長が後で説明してくれるはずだ」

「？？？」

彼にクリムトさんとナイゼルさんのところへ案内される。

しかし、二人とも他の騎士と同じでどことなく元気がない。

「二人とも、本当にご苦労だった」

「無事に戻ってきてくれて何よりだ、傷はないかい？」

「ええ、なにせ……護衛二人が優秀ですからね」

後ろのクルトとボスゴブリンを見る。

クリムトさんとナイゼルさんから労いの言葉を貰ったあと。

「では今回の結果報告を。ユニコーンの存在を無事確認しました」

「そうか、やはり白き獣とはユニコーンのことだったか」

頷くナイゼルさん。

「して、心配していた病気の方はどうだった」

「その原因について考えたんですが、まだ少しだけ、情報が不足していましてね。調査を途中で切り上げたのは、王国騎士団のトップである二人に尋ねたいことができたからです。まずはこれを見てください」

「な！」

「こ、これは……」

　採取した皇帝マヅダケをテーブルの上に広げる。思い切り目を見開く二人。

「信じられん。これは希少なキノコのはずではなかったのか？」

「勿論そうです。ナイゼルさんはこれが本来どんな場所に生えてくる茸か、ご存じですか？」

「いや……教えてくれ」

「エルダーアルラウネやハイハーピーなどの高ランク女性型魔物の生息地の近くで極まれに発見されるものです」

　これらの魔物の生息地は森林の奥地や標高の高い山頂であり、そのために皇帝マヅダケの採取も困難される。ゆえに、市場にはなかなか出回らない。

「皇帝マヅダケが大量に見つかった。ならば間違いなく、それらに類する女性型魔物がいるということなんですが、ボスゴブリンに聞いても知らないと言うんですよ」

「「…………」」

「少なくともこの島か周辺に要因があるはず……で、島にないのであれば」

　ちらりと窓の外を見る。

　勿論、ボスゴブリンも島の全部を把握しているとは限らないが、私たちよりはずっと詳しいし、さすがに片鱗すら見たことがないというのは変だ。

「魔の海域……と思ったわけか」

「ええ、王国騎士団の上層部にいるお二人なら、魔の海域について私たちの知らないことも知っているのではないですか？」

「…………」

　黙り込む団長たち。心当たりのありそうな雰囲気ではあるが……。

「話してもよろしいのではないですか？」

「クリムト君」

「今の状況の突破口を探るには、彼女に教えた方がいいと思います」

　今の状況？　さっきの兵士の様子と関係があるのだろうか？

「王国の秘密事項ではあるが……今はそんなことを言っていられる状況でもないか。そうだな、説明してあげてくれ」

　クリムトさんが私たちに向き直る。

「今から十年前、この国の第二王子が隣国に訪問中、魔の海で事故に巻き込まれた話は知っているよね」

「ええ、衝撃的な事件でしたので」

「ああ、彼らの乗った船だけがボロボロになって海を漂流しているのが見つかった時は、誰もが悲しみに暮れたよ」

　そして王国は、事故原因の調査に乗り出した。

　何故か、その時期から他の船の海難事故も増え始めたこともあり……。

「で……一つ、調べるうちに信じられない情報が入って来た。北方にある魔法王国マジスタルは知っているね？」

「ええ、世界最高峰の魔法技術を誇る国ですね」

マジスタル国の魔法学院卒業生はそれだけで宮廷魔導士の道が約束されるほど。

魔石資源が最も豊富な国であることがかの国の技術発展の一因だ。

他国には真似できない、魔法技術を組み込んだ魔道具を流通させ、大きな財を稼ぎ大国へと成長した。

「事故の少し前、マジスタルの船が魔法実験で処理できなくなった危険物を、秘密裏に魔の海に廃棄したらしいんだ」

「えぇと……つまり、国ぐるみでの悪質な不法投棄という解釈でいいですか」

「ああ、自国で廃棄すれば問題になるということでね」

だから他国の領土でこっそり捨ててしまえと。最悪な解決策ね。

「で、その魔法実験の廃棄物というのは？」

「大淫魔ティファニアの遺灰だ」

「で、伝説級の存在じゃないですか……」

その名に驚く。

今より千年も昔、災厄の魔女とも呼ばれ世界中を震撼させた女。

時を経て、なお……その名は有名だ。

美しいと評された女は歴史上多々いるが、美によって世界を傾かせたのは彼女一人だけだろう。

セイレーンとインキュバスのハーフとされ、黄金のように輝き流れる金の髪、耳に入れば蕩けそうな蠱惑的な美声、そしてその容姿は誰よりも人目をひいた。

あれが欲しい、これが欲しい、女が呟けば周囲は要望に応え続ける。

真冬の極寒の池に咲く花も、女が望めば男たちは喜んで池に飛び込み、手に入れようとする。

大飢饉が起きても、残った少ない食料を男たちが与えてくれる。

女はその美貌を利用し、王国の若き王子に気に入られ、とある国の王妃に。

世界最高レベルの権力、王妃の地位、贅沢三昧の暮らし……そのすべて難なく手に入れた彼女。

しかしどんな環境も、慣れれば特別が普通になる。

簡単に手に入るものばかりでは愛着など湧かない。

世界に退屈した彼女は手に入れたものを使って遊ぶことにした。

国民もすべては玩具に過ぎなかった。

やがて彼女は国民たちを殺し合わせ楽しむようになった。退屈凌ぎの娯楽として。

自国の蹂躙。だが彼女の声を止めるものはいなかった。

王ですら女の傀儡と化していたからだ。

とある英雄が止めるまで……その悲劇は続いた。

「信じられないな。そんな女の遺灰が何故まだ残って……」

「クルト、過去の偉人の遺体が保管されることはよくあるわよ」

「そうなの？」

今回は偉人というより悪人だけど。

研究対象として脳を保存したり、あるいは崇拝の対象として利用したり。

教会本部にも、初代教皇の髪が保存されていると聞いたことがある。

「それだけのことをされて、カナコルム王国はマジスタルに対して、何もしなかったんですか？」

「まさか。賠償請求、責任問題、諸々追及したさ……知らぬ存ぜぬを通されたけどね。確たる証拠を得ようとしたが、結局今もまだ掴めていない」

大淫魔と呼ばれた災厄の魔女。

彼女はインキュバスとセイレーンの血を引く魔族で、その美貌と美声を合わせた魅了能力と膨大な魔力を武器に数多の男たちを道具にし、世界を混乱に陥れた。

彼女による犠牲者は万にも及ぶとされる。

その大淫魔の遺灰が、この魔の海を生成したかもしれない、と。

（これで……繋がったかな）

「ユニコーンは清純な女性を好む……が、大淫魔はその正反対といってもいい存在、そんな大淫魔の魔力が島全体の植物に沁み込んでいるとしたら、ユニコーンは毒を食べていることになる」

熟した果物を食べなかったのは、淫魔の成分がそれだけ含まれているということだろう。

（しかし海から、島の動植物にまで影響するとは……とんでもないわね）

「遺灰を探し出せればいいんですけどね」

「無理だな。可能ならいくらお金を払ってでもとっくにやっているさ。あの魔の海域の中でサルベージ作業など自殺行為に等しい」

「ですよね」

海は淫魔の魔力で完全に汚染してしまっている。

島への道中に見た激流に渦。あの悪環境の中で作業などとてもできないだろう。

「とにかく飛空艇を早く修繕して、ユニコーンを別の島に移住させるなりしないと、遅かれ早かれ……ナイゼルさん？」

「それが、悪い報告がある。飛空艇はもう……飛ぶことはできない」

「……は？」

「な、なんだってっ！」

クルトの話していた、船体全体に魔石のエネルギーを伝導する特殊金属。

行方不明だったその一部が船内で見つかりはしたが、完全にへし折れていたのだという。

「修繕は……もう不可能なんだ」

「「……」」

たとえ魔石や出力を司る制御装置が無事でも、飛空艇はもう飛べない。

「ち、ちょっと待って！　じ、じゃあ私たちは島からは出られず、救助が来ることにかけるしかないってことですか」

「ああ、だが……それもいつ来るかはわからん。そもそも来てくれるのかどうかも……」

来たとしても、先日のワイバーンがまた現れれば私たちの二の舞だ。

私たちは完全に外界から隔離されてしまった。

ナイゼルさんに告げられたのは、手詰まりを示す宣告だった。

そうか……だから騎士たちはあんなに落ち込んで。

（これじゃあ、ユニコーンを島の外に逃がすことも……）

「ッ！」

「「「っ！」」」

バン！　……と壁を思いっきり叩く音。

「何ガシタイ？　……オ前タチ！」

「……え？」

「ボ、ボスゴブリン？」

驚いた私たちが彼を見ると、その腕は小刻みに震えていた。

話を聞いた彼の、仮面の下にある感情は間違いなく怒りだ。

「捨テテ、拾ッテ、捨テテ、拾ッテ、守ッテ、汚シテ、俺タチワ玩具ジャナイ！　不愉快ダ」

「ま、待ってくれ！　……我々は！」

「フン！」

部屋を飛び出すボスゴブリン。

「ちょ、外は土砂降りよ！　せめて雨が止む間だけでもここにいなさい」

「…………チッ」

　大きな足音をたてて彼は去っていった。


「……彼、相当怒ってたわね」

「憤るのも当然だろうよ」

　私たちも報告を終えて部屋を出る。それはそうよね。

　身勝手な人間たちの行動で、自分の大切な存在が死にそうになっているのだから。

「ごめん、ちょっと一人にさせてもらっていい？」

「ロッテ、まさか責任を感じてる？」

「それこそまさかよ……ただ」

　海を汚染させたのは、私たちには関係ない人間がやったこと。

　それは事実であるが、彼は私たちしか外の人間を知らないのだ。

　あぁだこうだ言ったところで、責任逃れの言い訳をしてるみたいで虚しいだけだ。

「身勝手な人間たちには私も怒りしか湧かない。彼らの代わりにこっちが謝るのもおかしいし、尻ぬぐいなんて死んでも御免……だけど」

「だけど？」

「絶対ユニコーンを助けるって、アイツに約束しちゃったからさ……最悪、ユニコーンだけでも絶対に助けないとね。ここで私が責任をとれるとすれば、そういうことでしょ」

「ロッテ……そうだな」

もっともらしい言い訳を並べたり、思考を放棄して一緒に悲しんだり。

それを責任などとは言わない。

「てわけで、ちょっと考えを纏めたい。集中モードに入るのでよろしく」

「ああ、後で差し入れでも持っていくよ」


真夜中。

飛空艇の故障を知り、沈み込んだ空気が騎士たちの間に充満していた。

最低限の灯だけついた暗い廊下に座り、元気なく項垂れる騎士たち。

「俺たち、このままこの島で死んでいくのかな」

「……わかんねえ、何も考えたくない」

「………あ～」

ため息やネガティブな発言が至るところから。

今も降り続く激しい雨が、より重苦しい雰囲気を醸し出す。

「こんな仕事だ、覚悟はしてたけど……死ぬの、怖えな」

「やめてくれよ、想像しちまうだろ」

「……はぁ、俺がいなくても母さんは元気にやれるかなぁ」

飛空艇が動かず、国に戻れない、希望の見えない状況。

暗い未来を誰もが想像してしまっている。

(やっぱり…………みんなが参っちまってるな)

そんな騎士たちのいる廊下をクルトは歩いていく。

「元気だせよ」「諦めるな」……口に出すのは簡単だ。

だが上っ面の言葉で元気になれるほど、今の状況は優しくないし楽観的にもなれない。

かすかでも希望という光があれば、人はそこに向かって頑張れるものだ。

だが、光が差さない暗闇の中でなお、ゼロから光を探そうと足掻ける強い人間は本当に一握り
……そう、彼の仲間のように。

ただただ無為に流れていく時間が皆の心を削っていく。

雨の様子を見に飛空艇のデッキに出るクルト。そこには……。

「なんだ、こんなところにいたのか?」

「オ前カ」

「そんなとこ突っ立って……ビチャビチャじゃねえか。中に入らないと風邪ひくぞ」

「…………」

「おいおい、無視か……てか、なんで俺がお前の心配をしているんだ」

クルトの声にも返答はない。

船の上でただ虚空を見つめているボスゴブリン。

ザーザーぶりの雨にうたれ、空を見上げてジッとしている。

「クルト、俺……ドウシタライイ？」

「……あ？」

「海ヲ汚シタ勝手ナ奴ラ、殺シテヤリタイ」

「……」

「デモ……ソイツラ、ココニ、居ナインダロウ？」

「……ああ」

クルトが頷く。どれだけ怒っても、倒すべき相手はここにいない。

やり場のない感情にボスゴブリンは悩まされている。

「必死ニ考エタ……白キ獣ノ助ケカタ。デモ俺……ワカラナイ。戦ッテ、殺シテ、戦ッテ、戦ッテ……他ノコト、デキナイ！」

「……」

「俺……コンナ時ナノニ、助ケカタ、ワカラナイ！　助ケラレナイ！」

ボスゴブリンの叫び声が大雨の中、木霊する。

「……やれやれ」

スッとクルトが背中の剣を抜く。そして……。

猛スピードで接近し、ボスゴブリンに切りかかった。

「ッ！　オ前！　ナンノツモリダ？」

　クルトの剣とボスゴブリンの短剣、二つの金属音の重なる音。

「付き合えよ、無性に身体を動かしたい気分なんだ」

「オ前、風邪ヒク……言ワナカッタカ？」

「いいんだよ、気が変わった」

　不敵な笑みを浮かべるクルト。無理矢理にボスゴブリンを自分のペースに巻き込む。

「はは、やっぱやるな」

「ッ！」

「こんな時に不謹慎だけどお前と戦うのちょっと楽しいわ」

　剣を重ねる二人。数分に渡り、雨の中で断続的に響く金属音。

「こういう時はさ。一人でいるとごちゃごちゃ考えちまうぞ」

「………」

「今のお前のもどかしい気持ちもほんの少しはわかるつもりだ。俺だって殆ど戦うしか能がない。それに頭だって良くないからな……ははは」

「ナンテ……失礼ナ、ヤツダ」

「こんな大変な時なのに、いつもロッテに任せちまっている。でも……」

　笑うクルト、その目が真剣なものになる。

「無力なんかじゃねえよ」

「……オ前」

少しだけ優しい声で語り掛けるクルト。ほんの一瞬、二人の剣が止まった。

「まだ今は出番じゃないだけなんだよ。俺も、お前も……」

「…………」

「今はロッテに任せよう、ロッテならきっと道を示してくれるはずだから」

ずぶ濡れになった二人は飛空艇に戻っていった。


「うぅ、これも駄目だ。そもそもこの島全体が汚染されているわけで……どうしたら」

「……ロッテ」

部屋に閉じこもったはいいが、ただ時間だけが過ぎていく。

打開策はまだ見つからず、くしゃりと乱雑に丸めた紙だけが床に増えていく。策を練っては破棄してを繰り返す。

「せめて、ユニコーンだけでも、どうにか助けて……」

「……ロッテ」

「ん？　あ……クルト、ごめん、気づかなくて」

「いや、いいけど……少し休んだ方がいい、紅茶を入れてきたから」

「あら、いい香り」

労いなのか、ナイゼルさんが嗜好品の紅茶を都合してくれたようだ。

貴族の飲む、高級茶葉で入れたものだが……。

「なんか、あんまり良さがわかんないな……美味しいような、美味しくないような」

「あはは……実は同じことを思ってた」

クルトと共感するように笑う。

「てかクルト、なんか髪が濡れているけど」

「あぁ、さっきボスゴブリンと話した時にな。そうそう、アイツから伝言だ。出番が来たら呼んでくれだってさ」

「……何かあったの？」

「ま、色々と二人で話をな……男同士でちょっと」

「ふぅん」

なんだかなぁ、のけ者にされたみたいでなぁ。ちょっと面白くない言い方。

でも助けてくれるというのであれば、彼なりに気持ちの整理ができたのかもしれない。

「さて、真面目な話、進み具合はどうなんだ」

「……絶望的」

クルトの質問にはっきりと断言する。

「飛空艇が動かず空は駄目、一応飛べずとも船として機能するらしいけど、魔の海域のせいで海も駄目。脱出できない……完全に閉じ込められた」

自力での脱出は不可能に近い。

「もう、一か八かで魔の海を進むしかないと？　あの激流の中を？」

「このままだとね。もしくは島で暮らしながら、異常に気づいた別の飛空艇が助けに来ることにかけるか……ただ、時間をかけたら、あの衰弱したユニコーンは助からないでしょうね」

すでにこの島全体に影響が出ている。

海も大地も、植物も魚も、それを食べる鳥も魔物も……。

別の食物を探したとしても、淫魔の魔力はそこにも含まれている。

私たちにとっては無害でも、ユニコーンにとっては毒だ。

「せめて、もう少し早い時期なら手を打てたかもしれないけどね。もう水際で汚染を止めるとか言っている状況じゃない」

「俺たちで海底にある大淫魔の遺灰を探し出す……とか？」

「それができればいいんだけどね」

海底のどの地点の何メートルの深さにあるかもわからない。

正確な場所も不明なのにサルベージするのは困難だ。

「そもそも、棺桶に入れたのではなく、灰にして海にバラまいたのかもわからないし」

「それは……見つけるのは不可能だな。なら魔石病を治した時のように、魔の海の原因である大淫魔の魔力をうまく海から取り除いて浄化する方法は？」

「要するに、魔の海そのものをなんとか浄化するってこと？　クルトはもの凄いことを聞くわね。

どれだけ広いと思っているのよ」

「ごめん……いくらロッテでも、不可能なことがあるのはわかっているんだけど」

「別にいいわよ。なんでも聞いて。今は話すことで考えを整理したいし」

滅茶苦茶な質問だが、口元に手を当てて考えてみる。

「あくまで原理的にはだけど、可能……」

「なに、本当か？」

「ただ……」

実行する手段がない。必要な道具がない。あの時と規模が違いすぎる。

「あの時は患者一人一人だったけど、今回求められているのはいわば環境全体の改善」

魔剣一本でどうにかなる問題じゃない。

「だけど、クルトの言うぐらい大規模な手を打たないと、実際問題、島を脱出することは不可能でしょうね」

「そっか」

「まぁ、さっきの話が現実にできたとして、魔の海周辺の魔力の流れや密度を大幅に狂わせるようなことをすれば、強力な魔物を呼び寄せてしまう結果になりかね……ん？」

自分で言っていて、何かが引っ掛かる。

「ねぇ……どうして、私たちワイバーンに襲われたのかな」

「それは魔の海域の近くだから、魔力に惹かれて強い魔物が集まってきたんだろ？」

「高度数百メートル以上まで影響が及ぶの？　それに前回は安全に飛行できていたはずでしょ」

「それは……」

前の移動では襲われず、今回に限って襲撃を受けた。

本当に運で片付けていいのかな？　ワイバーンの挙動も妙だった。

一度は目を眩ますのに成功したのに、また大きな目印を見つけたかのように、まるで何かに引き寄せられるように攻撃してきた。

(もしも、あれが偶然などではないとしたら……)

以前、ナイゼルさんに話を聞いたが、前回通った時も天候は良好で、私たちが来た時と変わりなかった。環境条件に大きな差異はない。

そしてもっとも大きな違いは……飛空艇。

違いがあるとすれば環境ではなく……私たちの方。

(だとすれば……つまり)

「私たちは知らないうちに再現していた可能性があるのか。ギド村のダンジョンのような、魔力密度を変化させる状況を……」

「ど、どういうことだロッテ？」

「今回用意したのは王国で最も大きな飛空艇よね。大きな飛空艇ならば、大きな動力も必要になってくる」

「それは……そうだけど」

「王国保有の魔石で最大のサイズを積んだ飛空艇は、エネルギーロスを防ぐために、周囲の魔力を大量に取り込みながら飛行する」

飛空艇の魔石は移動しながらもエネルギーを吸収していた。

魔石が巨大であればあるほど、周辺魔力の吸収速度も速い。

魔の海域に漂う、淫魔の魔力が飛空艇の周囲に集まり充満することになる。

「それに引き寄せられてワイバーンがやってきたということか？　確かにそれなら、襲撃されたのも辻褄があう」

そして、この現象が意味するのは……。

「魔の海域に、淫魔の魔力に干渉する手段があるということ」

「ロッテ……じゃあ！」

「いけるかもしれない！　だとしたら解決する方法が一つある！」

「さっすが」

「ふふ、アンタが考える切っ掛けをくれたからよ」

案外出てくるものね。

「ただ実行するならクルト、アンタには相当頑張ってもらうことになる」

「任せておけ、久しぶりに腕が鳴るな」

やる気を見せ腕まくりするクルト。思い立ってすぐにナイゼルさんのところへ向かう。

これから実行することは、まず団長の彼を説得しなければ行えない。

クルトと一緒に団長室に入る。

「茶葉の提供ありがとうございました。美味しくいただきました」

「いやなに、このまま置いておいても腐らせるだけだしな」

まずは先ほどのお礼を……本当に美味しかったかどうかは別として。

「今の私には……これぐらいしかできんからな」

「ナイゼルさん？」

「とんでもない事態に君たちを巻き込んでしまった」

「巻き込んだって……絶滅種のユニコーンにも会えたし、私たちはここに来たことを後悔なんてしていませんよ」

「ああ……そもそも、きちんと納得して受けたわけだからな」

「それに……まだ、絶望するにはあまりにも早いですよ」

クルトと頷き合う。

「ロッテ君？」

さてここから話をどう切り出すか。

「どうやら、ただお礼を言いにここに来たわけではないらしいな」

悩む私を見て察するナイゼルさん。

「ええ、まぁ……ちょっとした、ご提案がありまして」

以前のワイバーンの時とは比較にならないレベルのとんでも案だ。

うまく説得できるか。不安だが、うだうだ考えても仕方ないので直球で行く。

「ナイゼルさん……私たちで魔の海を浄化しませんか？」

「………」

私の言葉に、時が止まったように場が静まり返った。

「ふむ……今、とんでもない台詞が聞こえたが、私の聞き間違いか？」

「私たちで魔の海を浄化すると言いました」

「し、正気か？　君に言うまでもないが、魔の海の浄化に挑戦するものはここ十年何人もいたが……あの海の様子を見ればその結果はわかるだろう？」

「ですね」

「教会が、聖女が、数多の優秀な研究者たちがこぞって匙を投げた……そんな問題を君は、私たちだけで解決しようと言うんだな」

私の目を真っすぐに見るナイゼルさん。

「冗談で言っているわけではなさそうだが……とりあえず、続けてくれ」

「はい、ただ概要説明の前に最初に確認を。飛空艇の巨大魔石を私たちが使用することは可能ですか？」

「な、なに？」

「魔の海の浄化には、どうしても必要なのです」

「確かに、飛空艇としての機能がない以上、今あの魔石を使うことはないが……」

私の作戦だと、魔の海に充満した魔力を無散させるには強力な魔力吸収媒体、つまり、王国の保有する巨大魔石が必要になる。

「当然だが魔石の無断使用は禁じられている。本来の用途と違う利用などもってのほかだ」

「……」

「だがまぁ、今代の陛下は話のわかるお方だ。この非常時だ、命と天秤ということであれば理解してくださるかもしれん。話によっては考えてもいい」

「ではっ！」

「待て、私はあくまで考えてもいいと言ったんだぞ」

私の声を制止するナイゼルさん。

「すべては話を聞いてからだ。君は魔石で魔の海を浄化すると言ったが、具体的に何をする？」

「私たちの手で能動的に起こすんです」

「起こす？　何を？」

一呼吸置いて、作戦の中核を伝える。

「魔物暴走（スタンピード）です」

「「……は？」」

興味津々のナイゼルさんとクルト。

やることは至ってシンプルで、物凄い力業の解決策だ。

魔物暴走、要するに大量の魔物が同時発生する現象。

「飛空艇のコアとなる巨大魔石の制御装置を外して、魔力を魔石に一斉吸収させる。結果、魔力分布の変化により、魔石を中心にして魔物暴走が生じます。そして出現、生成された魔物を全部返り討ちにします。成功すれば魔の海域の淫魔の魔力は魔物暴走で消費され、浄化されて綺麗になくなります。海路で安全に国に戻ることもできます。島の植物も浄化されてユニコーンも生きていけるようになります！」

「「……」」

あんぐりと口を開く二人。

そういえばクルトにもこれは説明していなかったね。

「大雑把ですが作戦はこんな感じです」

「な、なな、何を馬鹿なことを言っているんだ、君はっ！　トチ狂っているのか？　却下に決まっているだろうが、そんな馬鹿げた作戦！」

正気かとばかりに叫ぶナイゼルさん。バン！　と思いっきり机を叩く音。

「魔物暴走をわざわざ引き起こす？　千を超える単位の魔物の大量発生、過去に対処できずに国がいくつ滅んできたと思っている！」

「大丈夫……ここにはクルトがいるんですから」

「い、いやいやいや、無理無理。さすがに俺だって死ぬから……」

「アンタさっき腕が鳴るって言ってたじゃないの」

ナイゼルさんが眼光鋭く私を見る。

「ロッテ君。今のはこの場でなければ、捕まって即座に処刑されてもおかしくない危険発言だぞ、気をつけた方がいい、あまりに軽率だ」

「クルトへの発言はともかく、こんな悪趣味な冗談を騎士団のお偉いさんの前で言いませんよ」

一歩も引かずに、ナイゼルさんの目を見る。

「本気だとしても悪い！　いくらなんでも、もっと安全な道はあるはずだろう！」

「安全な道？　不確定な救助が来る可能性にかけることですか？　それとも一か八かで魔の海を渡ることですか？　私にはその二つが安全な道にはとても思えませんが……」

「それ、は……」

「ここでしっかりと問題の根源を絶つことが一番の安全策だと私は考えます。はっきり言って、以前のように空や、足場の不自由な海で戦うよりは、陸で魔物を迎え撃つ方が数倍マシですよ」

「どうせ戦うなら自分の得意領域で……か。だがどんな貧弱な魔物だって千もいればとてつもない脅威だ。安全策にはなりえない！」

「だから、こっちから魔物暴走を起こすんですよ」

「な、なに？」

後手に回るのではなく、私たちの手で魔物暴走を起こす。

そうすることで戦いの主導権を握る。これが今回の作戦の肝だ。

「魔物の発生数、発生場所、出現時間帯。これらを完璧にコントロール仕切れば……魔物暴走は凌げると思いませんか？」

「む……無茶苦茶だ」

「まぁ、これはさすがに理想論ではあります。ですが……今回に限っては巨大魔石という強力な媒体がある。うまく利用すれば、理想に近づけることは可能だと思います」

やる価値は十分にあると思う。それを実現可能にする薬にも一つ心当たりがある。

「なんという選択を突き付けるんだ、君は……」

「どうか、ご一考いただけませんか？」

頭を抱えるナイゼルさん。

「正直、どんなもんなんだ、君が思う確率は？」

「一割ぐらいですかね」

「やはり却下だな。いくらなんでもリスクが大きすぎる」

「いえ、失敗する確率がですよ」

「なに？」

九割方いける……私はそう踏んでいる。初の試みで不確定要素がないわけではないし、一割のリスクはどう頑張っても消えないが……いける、はずだ。

「とりあえず、君が実行できると考えた理由をしっかりと丁寧に聞かせてくれ。判断はその後でもいいだろう？　決断には相当な理由が欲しい。夢物語でないことを証明してくれ」

「はい、勿論です」

皆の命を預かる団長として当然の言葉だろう。失敗確率一割は無視していい数字じゃない。

私のプランをナイゼルさんに丁寧に説明する。

そして話が終わり、ナイゼルさんをなんとか頷かせることに成功した。


翌日、早速総員で作戦準備にとりかかる。

「整備班は魔石の確認を」

「先日確認したところ支障はありませんでしたが……」

「念のためだ。制御装置も含めてもう一度確認しておけ。命が掛かっているのだ、綻びの一つも見逃してはならん」

「はっ！」

今日は準備に当て、決行は明日の昼からを予定。

指示を受けて走り回る飛空艇整備士たち。

魔石の出力を司る制御装置を外して使うなど前代未聞の行いだ。どれだけ慎重になってもお釣りがくる。飛空艇内でドタバタと走り回る騎士たち。

魔物暴走を発生させるという案は騎士たちに衝撃を与えた。

説明の際、勿論反対意見も出たのだが、それを団長としてナイゼルさんが見事に説得仕切った。

おそらく、元々の手詰まり感も説得を後押ししたのだろう。

ただ時間だけが流れている現状に一つの目的が生まれたことは確かだ。

「艇内の部屋のカーテン、ようやく全部を取り外したぞ」

「まだ指定量に足りないな。令嬢たちのために用意した衣類も黒い生地なら全部剥ぎ取れだそうだ」

「しかし、これは一体何に使うんだ」

「俺が知るか、団長の命令だ。急げ」

外に積み重なっていく今回の作戦に必要な道具。木箱に入った黒布とありったけの小瓶。

「あ、そこの箱に入ったアコン貝の貝殻は？」

「薬師のお嬢さんのとこに運んでくれ……薬の調合に使うそうだ」

「ロッテになら俺が持っていくよ」

「お、助かるよ、クルト」

騎士がクルトに礼を言う。

「クルト君、君は昨日丘から戻ってきたばかりで疲れているだろう。明日は大変なんだ。準備は我々に任せて仮眠室で少し休んでもいいぞ」

「ナイゼルさん。それじゃあ、お言葉に甘えて後でちょっとだけ休もうかな」

「ああ、そうしてくれ」

「……」

箱を持ち、部屋に戻ろうとしてクルトが振り返る。

「どうした？」

「いや改めて、よく頷いてくれたなぁ……と思って。俺は仲間だし、ロッテの言動に慣れてるからアレだけど、ありがたいよ」

「いや、今でも滅茶苦茶だと思っているぞ」

「だよなぁ」

「しいて理由を言うなら……彼女は私に嘘をつかなかったからだ」

説明時のロッテの顔を思い出すナイゼルさん。

「成功についてだけでなく、失敗時のリスクも、そのすべてを説明してくれた……都合のいいことだけを語らなかった。その上で成功確率について納得できる説明を提示してくれたから動いた。だから君が感謝する必要はない」

「それでも、ありがとうだ。大体の人間なら、殆ど話も聞かずに一蹴していたと思う。アンタみたいな人だから、こんなトンデモ作戦に、部下たちも付いてきてくれるんだろうさ」

「そうか……なんかはっきり言われると照れるな」

「ははは」


相棒のアザンヌ（乳鉢）を使用し、すりこぎごりごり……。

ひたすら明日のために薬を調合していると、クルトがやってくる。

「ロッテ、ご指定の物を持ってきたぞ」

「ありがと、そこに置いといてくれる？　踏まないように気をつけてね」

「うわ、凄い光景だな」

クルトが足の置き場に躊躇するほど、床に散乱している小瓶たち。

「あ、そういえば、ボスゴブリンはどうしてる？」

「話をしたら、一度集落に戻って、明日の朝に来るってさ」

「彼は強い戦力になるからね」

こと戦闘力において、ボスゴブリンの実力は折り紙つき。

「それにしても、随分たくさん薬を作ったなぁ」

「準備は絶対に怠りたくないしね、もっと作っておけばよかったたって、後悔だけはしたくないから……」

「それはわかるが、ロッテも適当なところで休んだ方がいいぞ」

「もうちょっとしたらね」

「…………」

しかし、それから三十分しても黙々と調合を続けるロッテ。

その姿を心配するクルト。

「大丈夫か？　無理してないか？」

「無理っていうか、作戦が作戦だからね、万全を期したいから頑張ってるだけ」

勿論、熟慮に熟慮を重ね、私の中ではベストの作戦。

結果的には一番安全だと思ってはいるが不安もある。

「でもま……根を詰めすぎてもなんだし、休もうかな。調合に失敗したら元も子もないし」

「そうしろ、そうしろ」

　私の肩をトントンと叩いてほぐしてくれるクルト。

「ま、危険地帯にみんなの足を踏み入れさせたのには違いないが、危ない橋だってみんなで渡れば怖くないさ」

「重さが増えて崩れ落ちる可能性もあるけどね」

「ロッテは本当に楽観しないよなぁ、そこは勢いで頷けばいいのに」

「性分なもので、すいませんね」

　苦笑するクルト。

「ま……そんなロッテの言葉だから、俺は信頼できるんだけどな。さっきナイゼルさんも言ってたよ」

「ありがと……とにかく全力でサポートするから。戦闘が始まったら、本当に大変なのはクルトたちだからね」

「ああ、一緒に明日を乗り切ろう」

　私が休憩に入ったのを見て、クルトが部屋を出ようとする。

「あ……待って、その、クルト」

「なに？」

　振り返るクルト。

「その、あ、あれよ、ほら……わかるでしょ」

「な、なにが？」

困惑するクルト、こんな時……なんとなく気恥ずかしくて口ごもってしまう私。

「ち、ちゃんと私も信頼しているから、アンタのことを……」

「いや、そんなもじもじされると、俺の方が恥ずかしくなるんだけど」

「じ、自分だって言っといてぇ……とっとと行け、馬鹿」

ヒラヒラと手を振り部屋を出ていくクルト。

「でも…… 一気にやる気でたよ」

ロッテには聞こえない小さな呟き。そして作戦決行日を迎えた。


準備も終わり朝になる。雨も止み、今日は雲一つない快晴だ。

飛空艇デッキで私は朝の風を浴びていた。

「どうだ？　ロッテ君、決行できそうか？」

「ええ、この天気なら問題ないでしょう」

条件はちゃんと整っている。決行を夜にしなかったのには理由がある。

まず暗闇での戦闘を避けること。

あと、作戦の肝となる私の用意した薬の効果が、日中のみしか発揮しないのだ。

「それにしても凄い大きさですね、それが動力の魔石ですか」

「ああ」

デッキに設置された巨大魔石。飛空艇の中から慎重に運ばれてきたものだ。

大きさ一メートル近い巨大魔石が、日光を浴びてキラキラと輝く。

王国保有の魔石で最大サイズ。圧巻だ。

「ロッテ、これいくらぐらいするかな？」

「ここまでくると値段なんか付けられないわよ」

魔石の下には白い台座。これが制御装置となっており、魔石の出力をコントロールする。

点呼を行い、ナイゼルさんが挨拶。

ちなみに、戦えない令嬢たちは飛空艇の中に入っている。

戦場は近いが、まだ中で一か所に纏まってくれていた方が守りやすい。前みたいに動き回られても邪魔だしね。

念入りにミーティングを行った後。

「まず、皆様にこれをお配りします」

箱の中にミッチリと詰まったある物体を各々に手渡していく。

「なんだ、この光りを一切通さないような暗黒物体は？」

「色々な素材を混合してできた粉を凝固させ、黒布で包んだものです」

「原材料が不明だし、なんか凄まじく禍々しい感じがするんだが……」

暗黒物体を見て騎士たちが顔を顰める。そんなに警戒しなくてもいいのに、今は……。

「これが昨日ちょっと話した魔除けの玉ですよ」

「これが、例の魔物の発生数を激減させるっていう？」

「ええ、そうです……なので大丈夫、危険なものではありません、今は」

「「今は……？」」

騎士たちの声が重なる。

「もう、気にしすぎですよ……あ、でも絶対に黒布は解かないでくださいね、絶対にお願いしますね」

「わ、わかった……まぁ気にしないよう頑張るよ」

「ええ、そうしてください」

説明を続ける。

「使用方法は本当に簡単です。魔石を中心に等間隔で設置していってください。あ、海水には漬からないようにしてくださいね。効果が減少しますので」

「……わかった」

「効果発動中に、薄黒い煙が出ますが気にしないでください。それは仕様ですので」

それからもう一つ。

「あと、皆さんに戦闘支援薬をお渡しします。筋力アップ、魔力アップ、減痛効果が見込めますので、作戦の十分前には飲んでくださいね」

「十分前？」

「かなり強い効果があるんで、ギリギリではなく事前に少し身体を慣らしておいた方がいいんですよ」

反動で翌日筋肉痛になるけど。今日さえ凌げればなんとかなる。

「……二人は、薬はいいのね」

「ああ、もしかすると、コイツの出番が来るかもしれないからな。感覚が狂って使用に支障が出るとまずい」

クルトが今は腕輪形態となっている魔剣を私に向ける。

「貴方は？」

「クルト、飲マナイナラ、俺モイイ……負ケタ気、ナル」

「そ、そう……？」

まぁ本人がいいと言うのなら、無理強いはしないけど。

ただボスゴブリンに関してはユニコーンの祝福がある。薬を渡してもちゃんと効果が表れるかは謎だし、飲まない方がいいかもしれない。

「決行開始は今から三時間後だ。正午に魔石の制御装置を外す……海水の成分と魔石性能からロッテ君と飛空艇技師が試算した結果、夕方には魔の海の浄化が完了するそうだ」

「「「はっ！」」」

「誰一人死ぬことなく、生きて国の土を踏むぞ……いいな！」

「「「おおっ！」」」

ナイゼルさんの激励の言葉に応える騎士たち。

「クルト君は皆のサポートを頼む。戦闘経験の最も多い君にしかできない役割だ。戦線を見て適宜判断してくれ」

「了解」

最後の打ち合わせも終わり、開始十分前に指示通りに薬を飲む騎士たち。

私は飛空艇のデッキの上で周囲の変化を見守る。

飛空艇で護衛を担当してくれるボスゴブリンが、マストの上によじ登る。

「よし、制御装置をオフにしろ！」

「はっ！」

時刻になり、ナイゼルさんの合図と同時に、飛空艇内部の魔石制御装置がオフになる。

飛空艇の魔石が限界ギリギリの高出力で魔の海の魔力を吸収していく。

振動がここまで伝わってきて、キィィンと耳鳴りがした。

「大丈夫？　みんな……気分悪くなってない？」

呼びかけると、騎士たちは元気そうに手を振ってくる。どうやら平気そうだ。

「とりあえず、懸念の一つは払拭されたな」

「幸いというか、ここには優秀な魔法使いがいませんからね」

魔力暴走を起こすほどの濃密な魔力。魔力感知の得意な人がいたら失神しかねない。

エルフがいたら、たぶん吐いているな。

「見ろ、少しずつ煙が出てきたぞ」

制御装置を外して十分、徐々に変化の兆しが見え始める。

「オイ、空カラ来タゾ！」

マストによじ登っているボスゴブリンが叫ぶ。

上空から巨大な影、そして以前にも交戦した空の魔物。

「ワイバーンの群れだ！　また来やがった」

「今度は負けない」

「注意を怠るなよ！」

奮い立つ騎士たち。いよいよ戦闘が開始。

こちらを見つけざまに襲撃してくる一体のワイバーン。その皮膚を騎士の剣が切り裂いた。

『ＧＹＵＡＡＡＡＡＡ！』

痛みで悲鳴を上げるワイバーン。

「通る、刃が通る。あの時とは全然違う！　ざまぁみやがれ」

「動きも軽い、まるで羽が生えたかのようだ」

「すげえな、この薬……無限に力が湧いてくるようだ」

騎士たちが興奮しながら叫ぶ間にも、集まった魔力に反応し引き寄せられて、続々と魔物が襲撃してくる。

今度は海からも、体長二メートル超えの青い鱗を持つ小海竜とも呼ばれるシーワームが。

そして左右に巨大な挟みを持つ蟹魔物、サンドクラブも。

「シーワームは酸液を吐くから正面に立つな！　土中に潜り込まれると厄介だから気をつけろ。サンドクラブは甲殻の隙間を狙うんだ！」

「おう」

立派にリーダーしてるじゃないの、さすがクルト。

クルトが戦闘の中心となり、砂浜で戦う騎士たちに魔物討伐の指示を出す。

多種多様な魔物が混じり、乱戦じみてくる。

次々に築かれていく魔物たちの屍。絶え間なく響く剣撃の音。

「その調子です！　皆、頑張って！」

「おう！　しかしちょっと視界が曇ってきたな、この煙はどうにもならないのか」

「無理です！」

「お、おう」

だって無理なものは無理なんです。薬が効いている証拠だと諦めて。

戦闘開始から一時間が経過。

「大変だ、キゼルが負傷した！　太ももに大きな噛み傷が……」

「治すから、こっちに連れてきて！」

「ああ！」

運ばれてくる騎士たち。ポーションを使って急いで治癒する。

各々が自分たちの役目をしっかりと全うしていく。

怪我人も出てはいるが、ここまで誰も死ぬことなく、戦線維持ができている。

集中力を維持するのは大変だ。状況を見ながら交代で飛空艇に戻り休憩を取ってもらう。

私が治療に励んでいると。

『クエエエエッ！』

「っ！　コカトリス！」

「ロッテ君！」

空から魔物の咆哮。飛空艇にも巨大な鳥魔物の襲撃。

一番弱いと思われて狙われた私。しかし……。

「ウルサイ」

『グエッ！』

マストから飛び降りたボスゴブリン。コカトリスの首元に的確に短剣が突き刺さる。

「大丈夫カ？」

「え、ええ……助かったわ」

「す、凄いな彼は……ピンポイントに短剣を、ここまで強いとは思わなかった」

クルトと違い、全体攻撃手段がないボスゴブリン。

彼の役割は、飛空艇やそこで支援に回る私たちの専守防衛だ。

もし巨大魔石が壊れたりしたら作戦はパーになるので、重要な役割である。

飛空艇デッキに上ってきた魔物たちをボスゴブリンが処理していく。

「サンドクラブだ！　そいつは短剣だと不利だぞ！」

「……問題ナイ」

騎士の忠告にも軽く返すボスゴブリン。

魔力が込められ黄金色に輝く短剣を、頑丈な殻の上からサンドクラブの眉間に突き刺した。

「す、すげえ！」

「本当にやるじゃないかアイツ！」

周囲を力業で黙らせるボスゴブリン。

「……あ、あの短剣」

「ナイゼルさん？」

「どこかで……いや、すまない。今はそれどころではないか」

「？？？」

疑問を浮かべるも、すぐに前を向き、剣を構えるナイゼルさん。

「ロッテ君、島内の危険な魔物は集まって来ないのか？」

「幻影木がありますからね」

森に群生した、周囲に幻を見せ、方向感覚を狂わせる木。

あの木が防波堤となるおかげで、こっちまではそう来られない。

そして当たり前だが、陸で戦うので海中魔物も水陸両用タイプのみが寄ってくる。そのあたりはきちんと計算済みだ。

一番怖いのは、ワイバーンやコカトリスみたいに空からくる魔物だろう。


四時間経過。空は赤くなり始めている。

ぼちぼち作戦も終盤に差しかかるが、今のところ順調だ。

当然、時間経過とともに騎士たちの疲労も増していくが、死者は出ていない。

けが人も多くなっているがなんとか凌げている。

「ロッテ君……これは本当に魔物暴走が起きているのか？」

「信じられませんか？」

「確かに魔物が大量に襲ってきてはいる。脅威ではある……しかし、視界が埋めつくされるほどの数ではない」

「私、ちゃんと制御するって言ったじゃないですか」

「それは、勿論聞いていたが……」

「大丈夫、魔物暴走は発生していますよ。わかりにくいかもしれませんが、ほら……あれが証拠です」

「む……なっ！」

それは目に見える海の変化だった。前線で戦う騎士たちもそれに気づき声をあげる。

「海の色が変化してきてないか？」

「ああ、徐々に黒みが抜けて透明に、夕日の赤色になっている」

ここ数十年、浄化に挑戦するものは何人もいた。

宮廷魔導士たちの間で何度も研究がなされた。しかし誰一人解決することができなかった魔の海。それが今……。

「ご覧の通りです」

「……な、なんという。この光景は現実なのか？」

「勿論です」

海を見て戦慄するナイゼルさん……その声は微かに震えていた。

「あの薬で魔物の発生量を九割九分削っていますから、わかりにくいですけどね。本来ならあの百倍近い数が出現してますよ」

「そ、そこまで抑え込めているのか」

「ええ」

というか、それぐらいしないと、私たちで魔物暴走に対処することなんてできない。

「言ったでしょう、成功率九割だって……」

「あ、あの薬は、黒い煙の正体はなんなんだ？　魔物暴走を止めるなど前代未聞、もし実用化すれば、魔物の被害を大幅に食い止めることができるのではないか？」

「あ～ちょっと、危険な代物でして、誰もが扱える薬じゃないんですよ」

「禁薬ということか？」

「禁薬ではありません」

「なら詳細を教えてくれても……」

「いやまぁ、ギルドでレシピ公開すれば間違いなく禁薬指定でしょうが」

「おい」

「し、指定されなければ……禁薬じゃないんですよ」

ナイゼルさんの視線から逃げる私。所持登録も必要ないし犯罪ではありません。

「別にナイゼルさんには話してもいいですが、絶対に内緒でお願いできます?」

「ああ……誓おう、この胸に」

ナイゼルさんが己の胸に拳をあてる。

「私が調合したあれは、ゾンビパウダーと名付けた特殊な粉です」

「ぞ、ぞんび?　あのアンデッドのゾンビか?」

「ええ、そうです」

あの、う～う～呻き声をあげ、嫌われ魔物のトップ争いをしているアンデッド。

「ゾンビパウダー、名前を聞くと負のイメージしかないな。まるでゾンビで作られた粉みたいだ」

「まぁ、似たような生成方法ですかね」

「……は?」

口を大きく開くナイゼルさん。

厳密にはゾンビそのものを利用というか、特性を利用したわけだけど。

「簡単に効果を説明すると、あれは魔力の多い場所、それもダンジョンや墓場などの暗所にバラまくと、周辺魔力を吸収してゾンビの大量生成を誘発するんです」

「は、はあああああっ？」

先ほど禁薬と言ったのはそういう理由だ。

「な、何故、そんな危険な代物が魔物暴走を止めることができるのだ。今の結果と結びつかんぞ！」

「ナイゼルさん、毒と薬は表裏一体です。この粉も日中であれば効果が変わるんです」

「どういうことだ？」

「実は今大気中に出ている黒煙は、ゾンビのなり損ねです」

「あ、あれが……」

「あの薬はゾンビの発生を誘発しますが、もし発生してもゾンビは強い日光の元では生きられません。私の言いたいこと、わかりますか？」

「そ、そうか……わかったぞ」

ポンと手をうつナイゼルさん。

「実際は魔物の発生数が少ないのではなく、環境に適応できずに死滅しているから、そう見えるということだな」

「そういうことです。これならたくさん発生しようが数なんて関係ありません」

日差しの強いお昼を作戦開始時刻に選んだ理由がそれだ。

光を通さない黒膜で薬を包んだのは、暗闇を作るため。

ゾンビの発生条件を満たすダンジョン奥や夜中の墓場に環境を合わせるため。

「な、何故こんな薬を開発したんだ？」

「【紅蓮の牙】時代の産物ですよ。高ランクダンジョンに行くと魔物も強いし敵も多く、休まる暇もなかったんですよ。でまぁ、ちょっとでも役に立てばと、魔物除けとして開発しました」

といっても、欠陥も多いのだ。特性上、相当に魔力の集中した場所でなければ効果が薄い。

逆に今回の魔物暴走が起きている場所となるとドンピシャなわけだけど。

あとワイバーンのように魔力に引き寄せられてくる魔物には効果がない。

それと、後片づけを忘れたら大変なことになる。

「管理を間違うと危険なので、公表はしていない薬です。さっきも言った通り、公表すれば間違いなく禁薬指定ですよ」

「公表しないで正解だろうな。悪用すれば、ゾンビの大量生成か。しかしよく材料の用意があったな」

「それは幸いというか、先日ギルドで大量の臓物コレクショ……いえ、なんでもないです」

「い、今、なんか凄まじいワードが聞こえてきたするんだが……」

気のせいですよ、気のせい……忘れてください。

「ですので、し～っでお願いします」

口元に指を当ててナイゼルさんに伝える。

「想像以上の危険薬だった。私は聞いてよかったんだろうか」

「まぁ秘密の共有ということで」

「なに？」

「緊急時とはいえ、魔石の無断使用なんて本来は禁じられている。なのにナイゼルさんは私の提案に乗ってくれましたから」

リスキーな真似をしたのはお互い様。

「こういう時、秘密は共有した方が公平じゃないですか？」

「ははは……敵わんな、君には」

魔物の数も落ち着き、互いに笑い合う余裕も出てきた。ここまでくれば大丈夫だろう。

「ごほっ、ごほ……」

「や、やばい、煙を吸い込んでしまった」

咳き込む騎士たちの姿。

「ロッテ君、大丈夫なんだよな？　ゾンビになったりしないよな」

「ま、まぁちょっとくらい大丈夫でしょう」

そして夕方……ついに、魔の海が元の姿に戻ったのだった。


戦いが終わり、そこには透き通るような海があった。

ざざぁん……と、静寂が訪れ、波の音だけが木霊する。

「せ、成功したのか、俺たちは」

「やった、やったぞおおおおっ！」

現実を認識し、叫び出す騎士たち。

砂浜に集まり、皆でハイタッチする。

「やったな……ロッテ君」

「ええ」

「正直、ここまでうまくいくとは思わなかった。今でも驚いている」

「本当に、皆さんが頑張ったからですよ」

差し出された無骨な手。ナイゼルさんと互いの労をねぎらう。

「これで魔の海は浄化され、島も元の環境に戻るのか？」

「淫魔の魔力を大部分取り除いたので戻るはずです」

「ようやく……国に帰れるんだな。船旅で時間があるから、始末書もゆっくりと書けそうだ」

「あ、あはは……」

苦笑する私。冗談かもしれないが、なんとも答えにくいわね。

「クルトも、本当にお疲れ様」

「ああ……なんか自分一人で戦う時よりも疲れた。凄く神経使う」

剣を背中にしまいこちらに歩いてきたクルト。

「まぁ、いい経験にはなったよ」

【紅蓮の牙】時代は、パーティ合同の大規模作戦とか経験していなかったしね。

受注しない理由は、リーダーのアーノルドが手柄の配分でごねるからだったけど。

「終わったな」

「ええ」

汚染が消えれば、ユニコーンも健やかに生活できるようになるだろう。

あと、心残りが一つあるとすれば。

「ナンダ？」

ボスゴブリンのことがよくわからないままだったことか。

まぁユニコーンの保護はできたが、見つけて守って終わり……という単純な問題でもない。

王国側がこれからどんな指示を出すかはわからないが、報告後にまた私たちがこの島へ来る機会もあるかもしれない。

「とにかくこれで……ん？」

「どうしました？　ナイゼルさん」

「いや」

最初にその違和感に気づいたのはナイゼルさんだった。

魔石の設置された飛空艇デッキに集まる技師たち。彼らの元へと近づいていく。

「どうした？　もう魔石の制御装置をオンにしてもいいぞ」

「そ、それが……装置をオンにしようとしているのですが、反応しないのです」

「な、なんだとっ！」

急転する空気。ホッと安堵できたと思ったのもつかの間のこと。

魔石からキィィンと異音が聞こえ始め、技師たちの顔に焦りが浮かぶ。

「どうにかするのだっ！　早く止めないと大変なことになるぞ！　限度を超えてフル起動すれば、魔石が割れて魔力爆発が起きかねっ」

「だ、駄目ですっ！　止まりません、制御ができなっ！」

制御装置が起動しない。ゆっくりと、ヒビが入っていく魔石。

そんな、このままじゃ……今までの苦労が全部水の泡に。

「このままでは危険すぎる……っ！」

「総員、逃げっ！　……駄目だ、時間もないっ！」

皆一斉に伏せる。直後、パリィンと甲高い音を立てて魔石が壊れた。

強烈な閃光が魔石から迸るが……しかし。

（衝撃波が襲ってこない？）

私たちが考えていたような魔力爆発がこなかった。

皆、おそるおそる警戒しながら立ち上がると。

「割れたのに、爆発……しない？」

「な、何故……だ」

「……アハハハハハハ！」

「「っ！」」

聞こえてきたのは女の笑い声。黒い靄が上空に集まっていく。

（なに……あれ？）

禍々しさを放つそれが女の姿に具現化する。

背中に流れる長い黄金の髪、右目の下の泣きボクロ。

見た者を吸い込むような真っ赤な瞳、絶世の美女といっても過言ではないその容姿。

「あははは……まさか、こうして蘇る日が来るとはね」

「な、何者だ、貴様は……」

ナイゼルさんが女に叫ぶ。

「この姿を見てもわからない？　それだけの時が流れたということか」

「し、質問に答えろっ！」

「災厄の魔女……といって貴方達には通じるかな」

彼女の口から飛び出したのは、魔の海の元凶となった女の名前だった。

（さ、災厄の魔女ですって？）

まさか、まさか……そんなことがあり得るの？

「馬鹿な、貴様は死んだはずだぞ！」

「ええ、その認識で合っているわよ。肉体は消えたしね」

肉体？　妙な言い回しだ。しかし……よく見れば彼女の背後には空が透けている。

ということはまさか、いや、そんなことがあり得るのか？

「肉体が滅び、千年以上経過して、灰となってもなお、魔力の欠片に精神を宿していたというの？」

「ふぅん、少しは頭の切れるのがいるみたいね。ま……女は使いにくいから、いらないけど」

複数の死者の小さな魂が集まり、亡霊のレイスになる。

だが魂が混じりあうため、そこに自我などは存在しない。

悠久に等しい時間、自我を持ち生きていたというのか化物め。

個ながら強大な魔力を宿した魂ゆえ成せることか。

「こうして精神体とはいえ復活することができたわけだしね。貴方たちには感謝しているわ、私をここに集めてくれてありがとう」

「なに？」

「海底に捨てられ、魔力を蓄え始めたはいいけど、私の灰は潮流でちりぢりに。おかげで復活しようにもなかなか一点に魔力を定着させることが難しくてね。無駄に広範囲の海を荒らすはめになってしまった」

魔の海ができた経緯はそういうことか。

「魔石に向けて、貴方たちが私の魔力を集めてくれたのは都合がよかった。まぁ、蓄えた魔力の大部分は変な煙で無散しちゃったみたいだけど、気分がいいから特別に許してあげるわ」

ニコリと妖艶な笑みを浮かべる災厄の魔女。

圧倒的な魔力量の証か、魔女の背後で揺らぎだす空間。

その光景が、彼女がどれだけ強大な存在かを伝えてくる。

「お礼をしないとね。たぁ〜っぷりと遊んであげるわ、貴方たちを玩具にしてねぇ」

まずい、伝承通りであれば……彼女はセイレーンとインキュバスのハーフ。

その声と容姿で男たちの精神を魅了する。私は反射的に叫ぶ！

「みんな、耳を塞いでっ！」

「無駄よ、そんな付け焼刃の対策で私の声は防げないわよ」

ゆらり、ゆらりと……歌を聞き騎士団員たちの足元がふらつく。

だらりと手を下げ、魔女の元に向かって歩き出した彼らが、一瞬こちらを振り返った時。

「「「「……」」」」

その目にはすでに輝きがなかった。

（……最悪だ）

先ほどまで仲間だった人たちが、セイレーンの魅了に堕ちる。

「う、あ……」と正気を失くし呻き声をあげている。クリムトさんもナイゼルさんも。

「ナンダ、ドウシタ？」

「っ……はぁはぁ」

「ふ、二人とも！」

「あら、これは意外……二人残ったわね」

ボスゴブリンとクルトの二人は魅了に耐えきった。

ボスゴブリンはユニコーンの祝福で状態異常を弾いたのか。

クルトの方は唇から零れ落ちる血液を見るに、痛みと持ち前の精神力でレジストしたのだろう。

「ふん……肉体もない不完全な状態では魅了もこんなものか」

魔女が面白くなさそうに呟く。

「クルト、だ、大丈夫？」

「ど……どうにかな、くそっ！」

魔女の歌のせいか、イラつき気味のクルト。

「まぁいい。従順な玩具もいいが、活きのいい玩具を自分好みに躾けるのも悪くはない」

「さっきから玩具、玩具って……馬鹿にして」

「貴様はいらない。女は遊んでもウルサイだけでまったく面白くないからね」

「自分だって女でしょうが！」

魔女がスッと手を前にかざす。

ほんの一瞬手先が光ったと思ったら、私の眼前に巨大な水球が現れた。

「ロッテえええええっ！」

クルトの叫び声が聞こえた気がした。速すぎてまったく……反応できない。

一瞬の後にこのまま身体を撃ち抜かれる。

しかし、直前に誰かが私の身体を抱きかかえて飛んだ。

「ぐっ！」

そのまま砂浜へと叩きつけられる。私に覆いかぶさっていたボスゴブリン。

彼が間一髪で守ってくれた。

「ッ！」

「ありが……っ！　……貴方」

礼を言おうとして気づく。魔法攻撃の衝撃で骨の仮面が割れてしまっていることに。

思わぬ形で彼の正体を知る。

「そっか、やっぱり……貴方は人間だったのね」

「……俺ガニ、人間？」

「ええ、私たち同じ種族よ」

予想していたけど、彼はゴブリンではなかった。

道具を作り、扱うなど、にじみ出る知性や、集落での人間のような生活スタイル。

だけど……正体の追及は後だ。今は急ぐべきことがある。

治癒行為に入る私。

「しっかりして、すぐに治してあげるから！」

「……グ」

命に別状はないが、完全に腕が折れてしまっている。

あばら骨も何本か……私を護ったことで。

（もどかしい……なんてもどかしい）

こんな時、戦えない私は皆に迷惑をかける。

クルトが駆け寄り、傷だらけのボスゴブリンと私を見下ろす。

「ごめん」

「…………」

私の考えが及ばなかった。魔女復活の可能性を考慮に入れていなかった。

魔物暴走なんて大掛かりなことをするなら、もっと思慮深く行動しなければならなかった。

「クルトごめん……今回は、やらかした」

「……ロッテ」

せめて早めに気づいていれば、魅了対策の薬を調合できたりしたのに！

どうすればいい、どうすれば挽回できる？　どうしたら皆生きて帰れるの！

何か、何か、何かっ……考えろ、考えろ……ロッテ。

「ったく……なんて顔してんだよ」

「いたっ！」

こつんと額にデコピンされる。この非常時だというのに何を考えているのか。

「な、なにすんのよ！」

「強すぎるよ、ロッテは……」

「え？」

そこにあったのは、クルトの予想外の笑顔だった。

まるで今の状況がなんでもないことのように……笑う。

「ロッテを護ってくれて……感謝する」

「俺、自分ノ、仕事シタ……ダケダ」

クルトはボスゴブリンに礼を言い、私に向き直る。

「ロッテ、どんな困難でも前を向いて立ちあがろうとする、それは君の強さではあるけど……ちょっと寂しい」

「クル、ト？」

「作戦立案から全部ロッテに任せっきりだったんだ。ここで失敗したとして、誰も君を責めたりなんかしない」

「……」

「後始末ぐらいは任せてくれ。周囲をもっと頼ってくれ。せめて近くにいる俺にだけでも頼ってくれよ、じゃないと……寂しい」

私の頭にポンと優しく彼の手が置かれた。

そして魔女の方へ、ゆっくりと踏み出す。

「ここからは……俺の出番だ」

「わかってるの？　相手はかつて国を滅ぼした災厄の魔女よ」

「信頼してんだろ？　俺のことを……」

「それは」

「だったら俺が聞きたいのは、心配の言葉じゃないんだけどな」

強い決意の含まれた声。ここでうだうだと水を差すのは無粋みたいだ。

そうだ、確かに私は昨日彼に信頼していると言った。

「……ええ、ええ……そうね」

会話の流れではあったけど、それは紛れもなく本心だ。

「あんな死にぞこない女、ちょちょいと始末してしまいなさい！」

「任せとけ！」

クルトが背中を向けて、こっちに親指を立てる。

「後始末ですって？　面白いことを言う坊やね……力の差も理解できないのかしら」

「そんなに差があるかな？　全盛期のアンタならともかく、今は絞りカスみたいなもんだろ」

「……言うじゃないの」

クルトの挑発に、不愉快そうに目じりを吊り上げる魔女。

クルトと魔女の戦いが始まる。

「綺麗な顔をしているからお気に入りの玩具にしてあげようと思ったけど、気が変わったわ、今すぐ消えなさい！」

「やってみろ……消えるのはそっちだ！」

『魔剣ヴァイゼルナッハ』

クルトが小さく呟くと同時に、魔剣が顕現する。

青の腕輪が変形を始め、クルトの右手に絡みつくように伸びていく。

クルトの魔剣が本来の形に戻っていく。

「はは、あははは、何それ……」

「………」

「それが剣？　笑わせないでよ」

それを見た魔女の第一声は、嘲笑の言葉だった。

魔女があざ笑うのも無理はない。刀身のない束だけの剣。言葉にすると矛盾しているようだが、それがクルトの魔剣の真の姿だからだ。

「わが前に集え魔力よ……アクアブレス！」

魔女の詠唱とともに無数の泡が展開され凄まじい速度でクルトに殺到する。

衝撃音がして、巻き起こる砂煙。

「あらあら、少しやりすぎたかしらね」

「ありがとう、わざわざ準備する手間が省けたよ」

「なっ！」

驚愕する魔女。それはそうだろう。

避けきれないほどの魔法攻撃を受けてもクルトは無傷。

そして先ほどまで無だった刀身に、青い透明の剣が生まれていた。

「なによ、それ……なによそれええっ！」

「水の扱いは俺もちょっと得意なんだ。まぁ魔法じゃないけどな」

『魔剣ヴァイゼルナッハ』、その能力は液体操作。

水分を凝固させ刀身にするというもの。

通常は空気中の水分を凝固させ剣とするが。湖や海などの水場であれば、多量の水を固めて強固な剣を作り出すことができる。

魔女の水魔法そのものをクルトは刀身に変えたのだ。

「おのれ、おのれええっ！」

魔女は属性を変えて魔法攻撃を繰り出す。打ち出される大型の火炎弾。

遮二無二放たれるそれをクルトは水の魔剣で弾いていく。

「それで終わりか？」

「ち、生意気な奴ね。魔法を防いでも、私には魅了能力があるのを忘れていない？」

「っ！　……ち、また」

魔法攻撃をしながら魔女が歌い出す。

クルトの唇から赤い雫が零れる。痛みで魅了に耐え抜くクルト。

「……ふぅ、く」

「クルト、あの女を見ちゃ駄目！　目の前の女から、思念を全力で逸らすの！」

「……ロッテ」

私を一瞥するクルト。

「そ、そうだ。この程度の魅了がなんだ。俺なら乗り切れる。あの時何を見た、クルト」

「……っ！」

ぎりりと、歯ぎしりをするクルト。

自分を奮い立たせ、意志の力で前を向く。

「何を目の前の女に惑わされているんだ俺は。こんなケバケバしく下品に自分を主張する美ではない、本物の輝く美をしっかりと見たはずだ！」

「く……クルトさん？」

「思い出せ、あの時の丘でのロッテの姿を！」

（ふぇ……わ、わたし？　なんでここで私？）

「まったく……なんなんだあの姿は！　天使が間違えて地上に舞い降りたのかと思ったわ！」

「あ、あの、ク、クルト……さん？」

「ていうか、ずるいんだよ！　普段滅茶苦茶ずぼらな癖になんだあの女らしい恰好！　こってこてのギャップ攻めしやがって！　ああ……見事にしてやられたわ、チクショウ！」

な、なんで急に、私に攻撃の矛先が向いているんだろうか。

アドバイスしたつもりだったのに。

「無自覚すぎんだよ、ちゃんと美人なんだからもうちょっと着飾れ！　いや、飾りすぎてもロッテじゃなくなるし、衆目に晒すのもちょっと面白くない感じがしてあれなんだけど」

「……あ、あの」

「『綺麗だよ』って褒めたのに普通だとか言いやがって。しょうがないだろ、その言葉しか浮かばなかったんだから。頑張って俺が声を絞り出したってのに、あれ見て咄嗟にうまい言葉なんか出せるか、ふざけんな、わかってんのかロッテ！」

「す、すす……すみませんっ！」

　ビッと指で差され、何故か謝る私。

　確かに思考を逸らせとは言ったけど。

　そ、そそ……そんなことを考えていたのかアイツ。

　適当に流していたけど、一応ちゃんとアイツなりに本気の言葉だったのか……。

「ドウシタ、顔ガ赤イゾ」

「う、うるさいわね、なんでもないわよ！」

　下で治療中のボスゴブリンにあたってしまった。ていうか、別ベクトルで興奮状態に入っていない？　今なら言えるとばかりに私への愚痴（？）を吐き出すクルト。

「私との戦闘中に別の女と乳繰り合ってんじゃないわよ！」

　魔女が苛立たし気に叫ぶ。存在を無視されてプライドを刺激されたようだ。

「ふふ、ふふふ、驚いたわ、魅了に耐えきれる精神力に、魔剣の力」

「あ？」

「でもさぁ……どうやって剣士である貴方が、肉体のない精神体の私を倒すの？　どんなに強力な武器でも通じなければ話にならないわよ」

アンデッドの中でも特に面倒な存在が精神体のレイスだ。

眼前の存在はそれに近い。骨のスケルトンや腐乱死体のゾンビのように、目の前の女は肉体に依存していない。

本来は光魔法の使い手である聖女が討伐には必要となる。

だけど、私たちは今まで聖女抜きでも戦ってきた。

精神体との戦闘なんて私たちは何度も経験している。

直接的な戦闘では役に立てずとも、サポートなら薬師はどの職業にも負けない。

「クルト、これを使ってっ！」

「……サンキュっ！」

クルトに向かって私が投げた一つの小瓶。

瓶ごと剣でたたき割り、中の液体がクルトの魔剣の刀身となる。

「そ、その剣は……まさか」

嫌な予感がしたのか、顔を顰める魔女。

聖女の魔力が込められた聖水の効果を、私なりに強化した聖水。

これを刀身とすることにより、クルトの魔剣は疑似的な聖剣となる。

戦慄する災厄の魔女。

「お、お前たちっ！」

危機を感じ、魔女の指示で集まってくる騎士たち。

魅了状態のナイゼルさんやクリムトさんもいる。

「大切なお仲間を傷つけることができるかしらねぇ」

「き、汚いわね……本当に」

魔女は彼らを盾にするつもりのようだ。

さすがにこの人数を誰も傷つけず、魔女の懐に入るのは至難の業。

まずい……魅了解除薬もあの人数となると、すぐには調合できない。

「俺ガ騎士止メル、ソノ間……倒セ、クルト！」

「立ち上がっちゃ駄目よ！　まだ、戦えるよう身体じゃな……え」

傷が癒えて立ち上がれるようになったボスゴブリン。

ポーションで自然治癒力を高めたが、ユニコーンの祝福も重なり滅茶苦茶回復速度が速い。

「だからって、いくらなんでも貴方一人で全員を……」

今の騎士たちはあの時よりも強い、私の薬で能力も強化されてしまっている。

たった一人で殺さずに全員を抑え込むことなんて、彼でも本当にできるのか？

そんな窮地の中だった。

『ギギッ！』

森の中から、聞き覚えのある声とたくさんの足音が聞こえてきたのは……。

「馬鹿な！　ゴブリンの大群だとっ！」

「オ、オ前……タチ」

まさかの援軍にたじろぐ、災厄の魔女。

子分ゴブリンたちがボスのピンチに駆けつけてくる。

「な……何故、突然現れたんだっ！」

「お前、タチ……ドウシテ？」

『ギギギッ』『ギギィ！』

「心配シテ……来タ？」

帰りの遅いボスゴブリンを心配したのか。

子分ゴブリンたちがボスゴブリンと協力して、素晴らしい連携プレイで騎士たちを見事に抑えこんでいく。数には数で対抗する。

そして……このチャンスを逃すクルトではない。

「し、しまっ……」

災厄の魔女に肉薄して、魔剣の刃を一気に振り下ろす。

「……そん、な。あり得な……」

「終わりだ。もう化けて出るなよ」

魔女の身体が消えていき完全に存在が消滅した。

エピローグ

「え、あ？」「お、俺たちは一体……」

魅了が解けて正気に戻る皆。

クルトや救援に来たゴブリンたちの活躍で、事なきを得た私たち。

魔の海の浄化、災厄の魔女の復活という困難を無事に乗り越えることができた。

ただ、そのために支払った代償も……ある。

「すみません。私の考えが及ばなかったせいで、貴重な魔石が割れてしまいました」

「いや……なるべくしてなったことだ。魔女に操られたのに、今こうして命があるだけ運がいいと思っているよ。君たちが頑張ったおかげだ。ありがとう、クルト君、ロッテ君」

本当に気にするなとナイゼルさんが言う。

「まぁ状況はどうあれ、魔石を無断使用して壊したのだ。さすがに誰かが責任を取らねばなるまいが……」

「そ、そんなっ！」

「私たちは団長が団長であるからこそ、ここまで頑張ってこれたのにっ！」

騎士たちが叫ぶ。

「そんな顔をするな。仕方のないこともある。今の王は素晴らしいお方だ。命まではとらぬだろう、魔の海の浄化という功績もある。団長の職は辞することになるとは思うがな」

「……ナイゼルさん」

「魔石の使用を決断したのは私だ。ロッテ君が気にすることはないんだ」

「……」

文句の一つも言ってくれたら楽なのに。

優しさが堪えるというのは今みたいな時だろう。

『ギギッ』『ギギギッ！』

「ゴブリンたちも助けてくれて本当にありがとう」

一匹ずつ丁寧に顔を見て、ゴブリンたちに頭を下げるナイゼルさん。

「そして彼らの主である、君にも深い感謝を……え？」

「ナンダ？」

ボスゴブリンの姿を見て口をパクパクさせるナイゼルさん。

「な……え？」

「あ、そうか。ええと、ナイゼルさん。彼の正体は人間だったみたいです」

「あ、あぁ、ああああああっ！」

え？　ナイゼルさんちょっと驚きすぎじゃない。

反応がオーバーだ。ま、まぁ気持ちはわからないでもないけど。

確かにこんな島に人間がいるとは思わないけど。

「そんな、そんな馬鹿な……」

「ナ、ナイゼルさん？」

「まさか、まさか……そんなはずはっ。だがしかし、間違いない、面影があるっ！」

「「？？？」」

「ル、ルベル王子いいいいいっ！」

な、なな……なんですって？　お、うじ？

今王子って言った？　あ、あの王子でいいの？

「……ま、まじかよ」

「え、えええぇぇ？」

現実を把握できていない私とクルト。衝撃的な発言にかなり混乱している。

「俺ガ……王、子？　王族？」

「その通りです！」

「ナルホド、確カニ俺ハ王………ゴブリンノ王」

「ち、ちち、違いますっ！　貴方様は人の王なのです」

ボスゴブリンの発言を、全力で否定するナイゼルさん。

彼が王子であることを必死に告げる。ゴブリンキングどころか、本物のキングじゃないの。

「我がカナコルム王国の第二王子、ルベル＝カナコルム……十年経ち、大人になり成長されたとしても、そのお姿は見間違いようがありませんっ！」

十年前の海難事故。第二王子、ルベル殿下を乗せた船が近くの魔の海域で難破して行方不明になった。

当時十一歳という若さで悲劇に見舞われ、王国中が悲しみに暮れた。

この痛ましい事故の結果、王国は海路だけではなく空路にも力を入れ、飛空艇の増設などをするようになり、空騎士団が設立された理由の一つでもあるわけだが……。

「ルベル？　誰ダソレハ？　……知ラナイ、ソンナ奴……俺ニ、名ナドナイ」

「そ、そんな……何故？」

「ナイゼルさん……彼は」

私の知っているボスゴブリンのことを伝える。最初の記憶は傷だらけだったこと、そしてユニコーンやゴブリンたちと出会い、これまで生きてきたこと。

「彼に、それ以前の記憶はないのです」

「そんなことが。で、殿下……わ、私の顔を見ても、何も思い出せませんか？」

「知ラン」

記憶を失ったボスゴブリン。ショックを受けるナイゼルさん。

「いや、だが、考えてみたら、殿下と直接お話したことはなかったか」

そりゃわかんないでしょ。ナイゼルさんも困惑しているね。

「無駄ナ期待ハヤメロ、激流ノ中、生キテイラレルハズガナイ。オ前タチガ希望ヲ持ツ勝手ダガ、死者ヲ俺ニ重ネルナ」

「死者などではございませんっ！　今私の目の前にいる貴方様こそが、王子その人なのですっ！」

「クドイゾ、黙レッ！」

「っ……っ！」

な、なんか今のだけ、ちょっと王族っぽい。

拒否しても食い下がるナイゼルさんに、ちょっと苛立つボスゴブリン。

「その短剣をどちらで手に入れたので？」

「最初、目覚メタ海岸。懐入ッテイタ」

「ああ、やはり、貴方は王子です……それは誓いの短剣、それこそが何よりの証」

誓いの短剣？　そうか！　……どこかで見覚えがあると思ったら。

決して市場に出回ることのないナナツハルク鋼でできた短剣。

かの金属はカナコルム王国の王族直轄地の鉱山からしかとれず、厳重に管理されている。

誓いの短剣の柄部分には細かな窪みがある。

掘られているのは鍛冶師の銘ではなく剣模様。その部分には由来がある。

短剣は王から貴族たちに与えられ、その身分を示す。

彫られた剣模様の本数は、貴族たちの忠義の強さを表現する。

「この短剣は六本の剣が中央に重なる紋。意味するのは……王族に連なる存在」

「………」

「魔の海域の海難事故に巻き込まれても、王子は奇跡的に島に流れ着くことができたのでしょう」

まだ信じられない顔のボスゴブリンに、ナイゼルさんが言い聞かせる。

記憶が消えていたのはその時の事故の影響か。

ボサボサの髪に、骨仮面の下には無精髭。今の見た目では王子に見えないが、ナイゼルさん曰く子供の頃の面影が残っているらしい。

まぁ髭をそって、髪を整えれば……かなり見られる容姿にはなりそうだけど。

「しかし、事実だとして、たった一人でよく生き延びたものだな」

「誓いの短剣という強力な魔法短剣、ユニコーンの祝福、そして強運、どれが欠けても生き残れなかったでしょうね」

衝撃の事実に、今ボスゴブリンは何を考えているのか。

「信ジラレン……俺ガ王、オ前タチノ」

「動揺、してる……よね、大丈夫？」

「アア、ダガソコマデ、デモナイ」

「え？」

「過去ノ俺ナラ……違ッタ、ガ」

ゆっくりと空を見上げるボスゴブリン。

「悩ム俺ニオ前……言ッテクレタ、教エテクレタ」

「え？　私」

真っすぐに私を見つめるボスゴブリン。

「種族モ過去モ関係ナイ、誰デアッテモ俺ハ俺ダト。今ノ俺ハコイツラノ……ボス、ダ。過去ヲ知ッテモ今、消エナイ」

ボスゴブリン……貴方。

「過去ノ俺ガ何者ダロウガ、俺ハコノ島デコイツラト生キテイク……永遠ニ、ソレダケダ」

「あんた……」

「お前」

「で、殿下」

夕焼け空を見上げながら、ボスゴブリンが呟く。

彼が今大事にしているのは、ユニコーンやゴブリンたちと島で過ごす自分。

覚悟は、決意は、その純粋な思いは……十分に伝わった。

その思いを穢すことが正しい行いとは言えない。

「でも、駄目でしょ」

「いいわけないだろ」

「それは勘弁してください、どうか一度お戻りください」

「……ア？」

三者の同時突っ込み。

「本気で大切な存在を護る気なら、尚更一度もどりなさい」

「何故ダ？」

魔の海域が消えれば、船で皆が自由に海域を移動できる。

飛空艇でなくとも島に来られる者が増える。

ユニコーンのことを聞けば島を襲う密猟者も出てくるはずだ。

「だけど……貴方には王子という立場がある」

「イラン、貴様ニクレテヤル」

あの、私女なんですけど……まぁいいや、返答めんどい。

「その力が、権力があれば、島の生き物たちを護ることもできるかもしれない」

「ナニ？」

「今の自分を大事にするのはいい……だけど、過去の自分を無視するのは違うでしょ」

あと、さすがに王子まで見つけたとなれば、その功績からナイゼルさんも騎士団長を辞めなくて済みそうだしね。

「それと……一人だと限界が来るわよ」

これは私自身にも言えることだ。クルトやテトロドさんに似たようなことを言われた。

説得すると、渋々ながら頷く彼だった。


そして五日後、島を出る時がやってくる。

島で採取した食料や水の準備を終え、ゴブリンたちに見送られ船で島を出る私たち。

『ギギッ！』『ギギイイイッ！』

「行ッテクル！　お前タチ……留守ヲ頼ムゾ！」

飛空艇はもう飛べないので、帰りはのんびり船旅だ。

「なにはともあれ……無事に帰路につけてよかった」

「ええ……本当に。色々あったけどね」

デッキに出てクルトと並んで日光浴。ぽかぽかとした適度な日差しが心地いい。

今は何もしたくない気分。

魔の海は浄化され、ユニコーンの状態も改善された。

確認に丘へと戻った時には、バクバクと元気そうにアナッサの実を食べていた。

弱ったユニコーンも元気になってきており、ホッと一安心である。

「なんかさぁ、【紅蓮の牙】を抜けてからの方が、大事件に巻き込まれている気がするわ」

「本当にロッテといると退屈しないよ」

「私が事件と関係しているみたいな言い方やめてくれない？」

リムルの港まで船で戻り、後は陸路を馬車で王都まで……といった帰りのルートだ。

まぁ私とクルトはリムルで空騎士団の人とはお別れになりそうだけど。

「オオ、オオオ……」

マストによじ登り、景観を楽しむボスゴブリン。

十年も島の中だけで暮らしたのであれば、こうした海上の景色も新鮮だろう。

「ム……アノ鳥、美味シソウダ」

まぁ私には、アイツが王子とはまだ思えないんだけど。

一応敬語を使おうとしたが、気持ち悪いと言われた。私の方もちょっと気持ち悪かった。

思い出してちょっと面白かったのは、貴族令嬢たちの反応。

「デ、デデデ、デデデ、殿下におかれましては……」とこんな感じで必死に頭を下げていた。

まぁ、あれだけゴブリンゴブリン言っていたのが自国の王子じゃあね。

かなりキツイ発言もあったが、傷つけた子分ゴブリンに対して謝罪させることで一先ず和解。

ゴブリン流の和解の証に、子分ゴブリンからビンタをもらったそうだが、それで王族に対しての失礼が許されるなら、ギリ寛大と言えるのかもしれない。

「てか、今考えるとあっぶねぇな、俺……」

「何が、クルト？」

「いや、湖でゴブリンと戦った時にロッテが止めなかったら……俺、王族殺しになってたかも」

「そ、そうね……」

世界最悪の当たり屋。とんでもないトラップよね。

「なぁ……そういやさ、ロッテ」

「なに？」

「俺さ、魔女との戦闘中におかしなこと口走らなかった？」

「……そんなことは、あるわよ」

まぁ、魅了抵抗の最中の失言だ。あまり言うのもなんだ……うん。

「はぁ……忘れなさい。私も忘れるから」

「いや……無理なんだけど、あんなの忘れられそうにないんだけど」

「そ、そこは嘘でも忘れるって言いなさいよ！　こっちが気まずいでしょ！」

「俺、必要以上に自分を偽りたくないんだよ」

こいつは……まったく、まったく。

「ま、それだけ似合ってたってことさ。今回の件で、ちょっとはロッテの意識も変わってお洒落に目覚めるかな」

「いや……むしろ拒否感が増したわね」

「あ、あれ？　おかしいな」

クルトが嘆息する。

「ま、いいや……今回のところは満足してるし」

「今回は？　冗談じゃないわ、あんな服を着る機会が何度もあるもんか」

「冒険者も有名になれば貴族のパーティにお呼ばれするだろ。そうなったら着飾る機会はいくらでもある」

「ボイコットしてやるわ」

私が冒険者をしているのは探求心と好奇心を満たすため。

名誉なんていりません。お金は必要ですけれどね。

「はい、もう終わり終わり、この話題は終わり」

なんかこの手の話題だとクルトに主導権を握られているようで嫌だ。

「近いんだが、遠いんだか……見ていてよくわからん関係だな、彼らは」

「ははは、あの二人らしくて面白いじゃないですか」

そんなクルトとロッテを見つめる騎士団長と副騎士団長。

透き通るような青の海に私たちの声は響いていた。

閑話　アンジェリカ

建国五百年に及ぶ歴史ある国、カナコルム王国。

領土に広がる肥沃な大地により農工業が盛んで、海に面するリムルの街では海洋交易も行われている。

豊かな自然資源により、大陸有数の国力を誇る国だ。

カナコルム王国の王都シュルル。若者からお年寄りまで多くの人々で賑わう、華やかな街の中心に、教会本部の大神殿は存在する。

左右に並ぶ半裸の男女の石像に挟まれた神殿入り口。

その前に立つのは白銀の鎧を装備した、騎士のような恰好の若い女。

だが、彼女は騎士などではない。

（あ～いやだ、中に入りたくねえ）

気が重い、でも入らないわけにもいかない。

俺はこの中にいるやつらに呼び出された。

理由はわかっている。間違いなくギド村の件だ。

村に行く時に俺と一緒にいた聖騎士の二人。えぇと……確か、えぇと。

名前は忘れたけど、とにかく彼らから、俺の失態についてすでに報告があげられていた。

「「アンジェリカ様、お待ちしておりました」」

神殿勤めの聖騎士たちに連れられ中の一室へ。

天井高い空間、外光を取り込む七色のステンドグラス。

静謐で広々とした部屋の中、俺を待っていたのは教会の上層部の面々。

教会運営に携わっている大司教とか。俺のいる入り口から一段高い場所にある半円を描く卓に、お偉いさんたちがずらずらと椅子に座っている。

突き刺さる視線。必要以上に無駄に圧迫感を与える配置というかなんというか。

「危機管理意識があまりに足りない」

「もっと思慮深くなりなさい」

「感情で突っ走りすぎる」

んでまぁ……こんな感じに。

今回の失態について俺を責め立てた。いや、実際にはこんなものじゃない。

ねちねちぐちぐちと……それはしつこく、ねばっこく。

ただまぁ……色々言われはしたが、結果として大聖女の地位ははく奪されなかった。

しばしの間、謹慎処分を受けはしたけど、かなり甘い処分だ。

「……ふぅ」

ようやく解放されて零れ出すため息。神殿に着いて休む間もなく始まったお説教。

二時間以上に及ぶ苦痛の時間を終え、俺は少し疲れた顔で廊下を歩く。

相も変わらずの神殿内部。

俺は普段は外に出ていることが多く、王都の神殿に寄ったのは数えるほどしかない。

以前来たのは、大聖女になった時の儀礼式だったか。

白い大理石の通路の上に敷かれた真っ赤なカーペット。

定期的に掃除しているおかげか、廊下には埃一つ見えない。

同じく白の柱には名のある芸術家が掘ったのだろうと思われる、鮮やかで多種多様な花が上から下まで精緻に掘られている。

教会に所属する聖女としてはなんだけど、俺はこの雰囲気が好きではなかった。

神秘的すぎて生活臭がしないというか。綺麗に見せようとして不自然というか。

まるで汚いものをすべて塗り潰そうとしているかのようで、落ち着かないのだ。

「疲れた顔をしとるのう……アンジェリカ」

「お、ホル爺……！」

そんなことを考えていると、向こう側から知り合いの男が顔を見せた。

白を基調にした、教会の聖衣を身にまとい、真っ白な髭を胸のあたりまで伸ばした高齢の神官。名はホルホクスという。

十三歳という、人より遅れて教会に入った俺に親切丁寧に回復魔法を教えてくれた師でもある。

といっても、彼の元で学んだ期間は二年ほど。教わったのは魔法の基礎的な部分だけで、後は自分で磨けと言われて外に放り出されたけど。

「こってり絞られたようじゃな」

「まぁ……よ」

ギド村の話はホル爺も聞いているようだ。

「なんじゃ、随分素直ではないか。あの跳ね返り娘が」

「これでも反省してるからな……黙って聞くさ」

「ふむ……そうか、そうか」

白髭を撫でながら頷く。まぁ教会の顔に泥も塗ったしそれぐらいはな。

「まぁ、あと一時間説教が続いていたら暴れてたかもしんねぇけどな、ははは」

「……お主が言うと冗談に聞こえないから、怖いのう」

苦笑するホル爺。

「だが正直、ワシはお主の顔を見てほっとしたぞ……」

「ホル爺？」

「ここまで聖女としては大きな挫折を経験せずにきたお主だ。多少なり魔法を教えた身として少し心配ではあった」

「……」

「見たところ、疲れてはいても落ち込んではいないようだ。どことなく以前よりも精神的な余裕を感じる」

「そう……かな」

勿論、失敗は失敗だけど……大きな意味はあった。

今回の経験は、特にあの薬師との出会いは……。

少しだけ、俺の知る世界を広げてくれたような気がする。

「でも拍子抜けだったぜ。正直、もっと厳罰が下る可能性も考えていたけどな」

「いくつか理由はあるが、お主の場合は事情が特殊だからな」

「……特殊？」

「教会有数の回復魔法の使い手だ。あまり強く処罰して、お主に出ていかれてもそれはそれで困るのだろう」

ただでさえ少ない聖女の存在。回復魔法の使える人材の流出は問題だ。

それも大聖女となると、余程の理由がなければ解雇はない。

勿論、教会内部には俺の存在を面白く思わない者もいるので、本当に庇いようのない時は、最悪のケースもあり得る。

例えば、今回の件であの薬師がいなければそうなっていたかもしれないが。

お世話になった故郷の人たちの死。一歩間違えば起こりえたかもしれない未来。

今でも考えただけで……ぞっとする。

「名誉や金で動く人間の方がある意味で御しやすい、与えるものが明確な分な……お主が地位に拘る人間なら、罰もかえって有効に働くのだろうがな」

「そういうもんかよ」

「そういうものだ。厳罰を与えればお主はあっさり教会を辞めるだろう。自由を奪う鎖が逆効果になるのは明確だ。ある意味で、お主ほど聖女らしくない女はいない」

「馬鹿にしてんのか？」

「まさか、褒めておるんじゃよ」

そんな感じで、何年振りかの師と再会し、二人で雑談していると。

「……あら？」

「……てめぇは」

水を差す声が背後からした。

袖に金の刺繍の施された、高級そうな白と黒の二色の生地で作られたローブ。

ウェーブがかった紫髪の女が軽く微笑み、お辞儀する。

表面上、友好的に見えなくもないが……どことなく人を下に見ているような、生意気そうな雰囲気の女。

「うふふ、お久しぶりです、アンジェリカ様」

「てめ、てめぇは……」

どこかで見たことがあるような、ないような。

向こうは俺を知っているようだけど……誰だっけ？

女の隣には、腰に豪奢な剣をぶらさげた若い、真っ赤な髪をした男が立っている。

「メアリー……彼女は？」

「アーノルド様」

「ん？」

メアリー？　アーノルド？　その名を聞いて、ようやくピンとくる俺。

最近話題の【紅蓮の牙】の新規メンバーに選ばれた、教会の上聖女がメアリーという名前だったはずだ。

不思議なもので、どうにも俺はここ最近、【紅蓮の牙】の関係者と縁があるらしい。

「大聖女アンジェリカ……なるほど、貴方が噂に名高い慈悲の聖女」

「アーノルドって……確か【紅蓮の牙】のリーダーの名前だったよな？」

「ええ、かの高名な慈悲の聖女に覚えていただけたなんて……とても光栄ですね」

こちらを見てニコリと柔らかく微笑むアーノルド。

こいつがリーダーか。

初めて顔を見たが、思った以上に線の細めな優男というかなんというか。

「お前たちが、どうして神殿にいる？」

「少し報告と挨拶に……それと、近くに用事もありましたので」

私の質問にメアリーが答える。

メアリーはこれから新しく【紅蓮の牙】の一員となり、本格的に冒険者活動を始めるようだ。

ロッテたちが抜けてから、日にちが経っているが、クルトも抜けたことで、その穴を少しでも埋める人材を探していたそうだ。

「年に一度の国王様の生誕祭に、冒険者として大きな功績を上げた【紅蓮の牙】が招待を受けましてね」

誇らしげなメアリー。てめえが上げた功績じゃないだろうが。

国内で著しい功績をあげた者は、芸術文化方面から何から何まで、王級で開かれる王の誕生会に招待される。

招待されることそのものが各分野での一流の証でもあり、一つのステータスとなる。

「ところで、アンジェリカ様はどうして神殿へ？」

「そこの勇者様はともかく、てめぇはわかってんじゃねえのか？」

「いえいえ……」

クスリと微笑むアンジェリカ。

「噂は所詮、噂に過ぎませんからね。ですがここにいるということは、やはり事実だったというわけですか」

こいつ、なかなか嫌な性格してやがんな。

予想できていて、わざわざ本人に確認するところが特に。

「もしかすると、大聖女の椅子が一つ空くかもしれないと思ったのですが……ね」

「欲しけりゃくれてやるぜ……こいよ」

「こ、こいって……そんな力づくで奪うようなものではないでしょうに」

直球の言葉に戸惑うメアリー。

こういうめんどくさい、陰険な駆け引きは嫌いだ。

「でも、随分あっさりしているんですねアンジェリカ様。かの慈悲の聖女の名に大きな傷がついたというのに」

「あん？」

「悔しくは、恥ずかしくは、情けないとは思わないのですか？」

「……何言っていやがる」

悔しいさ、恥ずかしいさ……決まっている。だが、それをお前たちに言って何になる。

恰好悪いだけだろうが。なんにもならねえだろうが。

「……ま、適当に頑張れや」

メアリーの挑発に乗らず話を流す。私の態度にどこか面白くなさそうな顔のメアリー。

会話を切り上げ、横を通り抜ける。

そういや……ホル爺さっきからいねえけど、どこ行った？

もしかして俺がひと騒動起こすと思って逃げたか？

さすがにこれでも謹慎中の身だ。そんなことをするほど子供じゃねえつもりだぞ。

い、いやまぁ……周囲から見れば説得力がまったくねぇかもしれねぇが。

「なぁ、さっきから何の話をしているんだ？　メアリー」

「アーノルド様、実はですね……」

「へぇ……あの、ロッテがなぁ」

背後から、件の薬師の話題が聞こえてくる。

アイツの名前を聞いてどこか冷めた声のアーノルド。

俺はその様子が妙に気になり後ろを振り向いた。

俺の顔を見て、訝しげな表情をするアーノルド。

「なんですか、大聖女様？　こっちを振り返って」

「いや、アイツが俺を助けてくれたことが、信じられねぇって顔してんなあ、と」

「ああ」

「まさか、俺が嘘をついているとでも？」

「とは……言いませんけどね。俺たちはロッテと一緒にいて、苦労した経験しかないからなぁ」

「苦労だと？」

「ええ」

手のひらを上に向けるジェスチャー。

ロッテのことを思い出し、顔を顰めるアーノルド。

「こっちが必死で戦っているのに、戦いに参加しないで、ずっと後ろで見ているだけ……いや、前に出ないどころか、戦闘中は気配を消す薬を飲んでいることもあった」

「それの何がおかしいんだ？　アイツは支援職だろう」

戦士職じゃねぇんだ。攻撃が当たったら終わりなんだ。

仲間の邪魔をしないように極力立ち回ることが問題とは思わない。

「そうですかね？　同じ後方支援でも狩人や魔法使いなら、戦闘に参加してもっと早く魔物を倒すことができるはず」

「………」

「彼女のしたことといえば精々が、薬での不意打ちによるかく乱と、こそこそした立ち回りによるポーションでの回復ぐらいだ」

　十分、できることやってんじゃねえか。

　まぁ、その辺は好みもある。まだ考え方の違いと理解できないこともない……が。

「あとは精々が、道中の魔物の分析、素材の解体……戦闘支援薬の調合、武器防具の簡易メンテナンス、未踏ダンジョンの地図化《マッピング》」

「………な、なんだって？」

　なんか今、薬師と関係ないことをずらずら言わなかったかこいつ。

　ぶ、武器防具？　罠発見？　というか……。

「ちょっと待て！　本当にそれ全部、アイツが一人でやっていたのか？」

「ええ、それぐらいは直接戦わないのだから当然でしょう」

　な、なに……言ってんだ、こいつは。

　どう考えても一人でこなせる仕事量じゃねえだろう。

　錬金術師や鍛冶師の真似事までしてたのか。

　だがあの薬師なら……不思議と可能な気もしてしまう。

「なるほど……よーくわかった」

「そうですか」

理解した。アイツが【紅蓮の牙】を抜けた背景が見えてきた。

（歪んでいたんだ……アイツのパーティは）

まぁ……いい。あの時薬師は、ロッテは【紅蓮の牙】のことをどうでもいいと言った。

すでに未練などはないようだった。

なら部外者の俺が、こいつらのスタイルにどうこう言うべきじゃねえ。

この先、こいつらがどうなろうが。どんな目に合おうが関与すべきではない。

「いやしかし、本当に大変だったよ。魔物が現れる度、何度も現地でポーション調合して時間を取られるし、そのせいで何度も魔物に遭遇するしの悪循環で、道中進まない進まない」

「これからは任せてください。私の回復魔法があれば、そのようなことにはなりませんから……」

「ああ、期待しているよ、メアリー」

アーノルドの腕にしなだれかかるメアリー。

「…………」

背後から聞こえる声に多少思うところはあったが。

今度こそ二人の元を立ち去ろうとする俺。

「まったく、あの役立たずにどれだけ足を引っ張られたことか……」

「しかし、道すがら聖水は使っていなかったのですか？」

「一応使ってはいたけど……今思えば、効果があったのかどうか」

「と、いうと？」

「彼女は魔物の解体も担当してたからな。泥と魔物の血が染みついた手だ。今思えば、もしかしたら彼女自身が魔物を寄せ付けていたんじゃなかったかとすら思うよ。そう考えると、本当に彼女がいる意味なんてなかったな」

「もうアーノルド様、いくらなんでも酷いですよぅ」

「ははは……でもメアリー、全部事実だからな」

　薬師をネタに、楽しそうに笑う二人。

「まったく、あの汚らしい女がいなければ、ギルドの最速昇進記録を間違いなく狙えただろうに」

「…………」

「もっと早く切り捨てるべきだった、時間を無駄に……」

「……おい、勇者様よ」

「うん？」

　こちらに振り向くアーノルド。

　俺の体を……冷たい感覚が走り抜ける。

「なん……ぐ、はっ！」

「きゃあああああっ！」

その細い喉を掴み、柱に叩きつける。

突然の俺の行動に目を見開き、轟くメアリーの悲鳴。

「さっきから黙って聞いてりゃ、不愉快なんだよ……甘ちゃん野郎が」

「が、あ……な、なにっ、を……」

ギリリとアーノルドの首元を押さえつける。

困ったことに、気づくとこの手は勝手に動いてしまうらしい。

「う、ぐっ」

「な、なにをっ！　錯乱しましたかっ！」

首をこの手で強く絞められ、苦悶の声をあげる勇者アーノルド。

「い、いくら大聖女とはいえっ、このような暴挙が許されるとっ……」

「……あぁ？」

「ひっ！」

私の行為を慌てて止めようとするメアリーだったが。

睨みつけると、目に浮かぶ確かな怯え。

「随分と生意気な口を開くじゃねえか。いつからそんなに偉くなったんだ、てめえはよ……」

「う、あ……」

震えながら一歩後ろに下がるメアリー。

正直、俺は元々そんなに我慢強い方じゃねえ。それでも今回は我慢はするつもりだった。

失敗は失敗だ。村の仲間に、俺の魔法で苦しい思いをさせてしまったのは事実。

その責任は重いだろう。

「だから俺のことならなんとでも言えばいい、笑いたければ好きに笑えばいい、何を言われても仕方ない……甘んじて受けよう」

でもよ……。

「アイツへの侮辱は許さねぇ……首をねじ切られたいか？」

「ぐ、はっ！」

呼吸ができず苦しそうな顔で、必死で俺の手を振り解こうとするアーノルド。

構わず、首を掴む腕の力を強める。

「てめぇらにとってはどうだか知らねえが、俺にとっては恩人なんだよ」

「は、はな……ぜ」

「泥臭い？　汚らしい女？　魔物の血で濡れた手？　だから、なんだってんだ」

その手に俺は救われたんだよ。

「てめぇらみたいな、外側だけ綺麗な人間よりもよっぽど好感が持てる」

「かは、はぁっ、はぁ……」

さすがにこれ以上やると危ないので、気絶する前に解放してやる。

地面に膝をつき、慌てて呼吸を整える勇者アーノルド。

「はぁ、はぁ……な、なんという狂暴な女だ」

「は、随分だらしねぇな勇者様はよ」

「ふざけるなっ！　……こんな不意打ちをしておいて」

俺を睨んで、叫ぶアーノルド。

「な、なに？」

「あの【紅蓮の牙】のリーダーを務める男なら、この程度、遊びで終わると思ったんだがな」

「それに不意打ちだろうが、クルトは止めて見せたぜ……余裕でよ」

「ク、クルトだと？」

クルトの名前が出たことで、何故か戸惑うアーノルド。

と、やべ。俺も熱くなりすぎちまったな。自分でも少し驚いていたりする。

おかげで、少し怒りも収まったけど。

「じゃあな……まぁ精々適当に頑張んな」

本当に今度こそ、こいつらと別れることにする。

「今日のこと、後悔することになるぞっ！」

「このことはしっかりと、上に報告させていただきますからっ！」

そんな苦し紛れの台詞が背後から。

「好きにしな」

やれやれだ。謹慎期間が延びそうである。

「ふむ、終わったかの？」

メアリーとアーノルドが去った後、ひょっこりと、廊下の奥から姿を見せるホル爺。

「いつの間にか、姿を消して……どこに行ってやがったんだ？」

「面倒になりそうな気配がしたからトイレに逃げたのだ。あそこにいたら、メアリーに目撃したことを証言しろと巻き込まれたろうしな」

「なに？」

あっけらかんと、悪びれずに言うホル爺。

上から下に、顎の白髭を撫でながら言う。

「長生きしておるからな、わかるんじゃよ……気配が、嫌な空気が。修羅場をくぐっておるのでな、危機管理能力に優れているとでも言おうか」

「……」

いや、恰好よく言うことじゃねぇけどな。

でも、そんな堂々とされると怒る気力も失せる。

「しかし、面白い場面を見させてもらったわい。お主があそこまで怒るとはのう。しかもその相手が薬師ときた」

「あん？」

「長年の薬師嫌いが治ったのか？」

「そういうわけじゃねえ。だけど……もう少し視野を広く持とうと思っただけだ」

【紅蓮の牙】を抜けた経緯を考えれば、ロッテは聖女に対して、好ましくは思っていなかったはずだ。

だけどアイツは俺を迷わず助けてくれた。

それまでアイツに不遜な態度しかとっていなかった俺を……。

薬師が好きになったわけじゃねえ。親父を殺した薬師は今でも憎んでいる。

けど全部の薬師がそうだってわけじゃねえ。

そんな当たり前のことを……ようやく考えられるようになっただけだ。

「【紅蓮の牙】の薬師……ワシも興味が出てきたのう」

そう言い、少し楽しそうに笑うホル爺。

「しかし、お主の血の気の多さは相変わらずじゃのう。勇者の首をへし折ろうとするとは、前代未聞にもほどがあるわい」

「俺だってあんなにあっさりと決まるとは思っていなかったよ」

俺は勘違いしていたのかもしれない。

ギド村でのクルトとロッテは、Aランクパーティ【紅蓮の牙】の名に恥じないものだった。

第三者に納得させるだけの凄みが確かにあった。

ロッテについては初見ではわかりにくいが、あの魔石病の施術場面を見れば、文句などつけようもない。

対してアーノルドの方はというと。

あの対応を見るに、俺にはとてもAランクとは思えなかった。

もう一人の武道家もあんな感じなのだろうか？

そしてあの性格だ。どうして、あそこまで増長したのか？

いや、まぁ俺が言うのも少しアレなのだが……うん、これからは少し気をつけよう。

会話を聞くに、パーティにいる時、ロッテは無理難題を押し付けられていたらしい。

アイツはなまじ能力が高い分、無理難題を言われても意地でこなしてしまいそうな面がある。

寧ろそういう時こそ、なにくそと燃え上がるタイプな気がする。

それがいいことか、悪いことかは知らないが。

アイツの仕事がアーノルドにとって当たり前になってしまい、パーティの歪みに繋がっていったように思える。

そういった面では、アイツ自身にも問題がないとは言えねぇんだろうな。

「生誕際……か」

「なんだ？　どうかしたのか？」

ホル爺がぽつりと呟く。

「ああ、噂では陛下は今回【紅蓮の牙】以外にも新規に一組、冒険者パーティを招待をされたそうだ」

「へぇ、そんな大きな功績をあげたパーティなんて直近でいたっけか？」

「なんでも、急遽追加変更する羽目になったらしい」

「そのパーティ名は？　ランクは？」

「確か【無】……だったと思う、ランクはまだ存在しない」

【無】……形がねぇってことか？　ランクがないってのも、また妙な話だ。

「なんでも巨大な魔石鉱山を発見し、難病を治したとか」

な、なんか、物凄くどっかで聞いたような話だな。

というか……それって。

「アンジェリカ、暇なら仕事に付き合ってくれぬか……丁度お主に頼みたい案件があってな」

「な、なんだよ突然。つぅか俺、暇ってわけじゃねぇんだけど」

「謹慎中なら同じようなものじゃろうが。ワシと一緒ならある程度、自由に動ける理由を得られるぞ」

「わかった、わかった」

まぁ、この神殿にずっといるよりはマシか。

あとがき

はじめまして、インバーターエアコンと申します。

本作をお手に取っていただきありがとうございます。


二巻目にして初のあとがきです。

せっかくなので本作について少し語ろうかと思います。

元々、頼りになる女性主人公ものが書きたくて書いたお話です。

神様に溺愛されているわけでもない、異世界転生で運良くスキルを貰ったわけでもない。

自分の努力で獲得した薬の知識でどんな窮地も切り抜ける。

このタイプのお話を書いた経験は過去になかったのですが、嬉しいことに書籍化まですることができました。


二巻の島の話は一巻刊行時点で半分はできていたのですが、纏めるのに苦労しました。

その分きっと……面白くなっている、はず。

本作を読んで少しでもワクワクしていただけたらこれに勝る喜びはございません。